五福五代堂古稀天子寶

八徵耄念之寶

太上皇帝之寶

U0112934

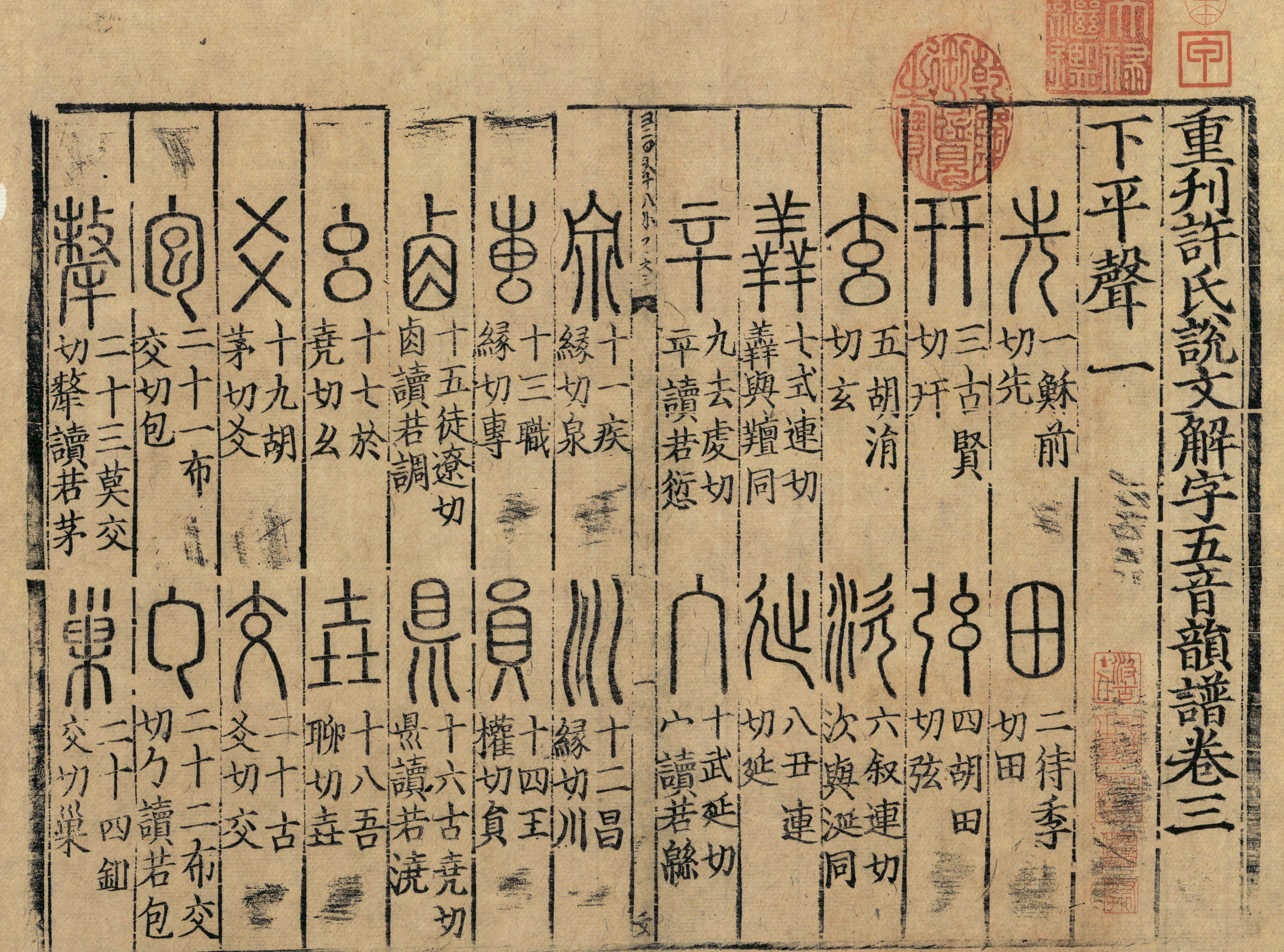

重刊許氏說文解字五音韻譜卷三

下平聲一

先 一穌前切先

田 二待季切田

幵 三古賢切幵

弦 四胡田切弦

玄 五胡涓切玄

次 六叙連切次與涎同

羴 七式連切羴與羶同

㢟 八丑連切㢟

䇂 九去虔切䇂讀若愆

宀 十武延切宀讀若緜

泉 十一疾緣切泉

川 十二昌緣切川

叀 十三職緣切叀

員 十四王權切員

卣 十五徒遼切卣讀若調

県 十六古堯切県讀若澆

幺 十七於堯切幺

垚 十八吾聊切垚

爻 十九胡茅切爻

交 二十古爻切交

包 二十一布交切包

勹 二十二布交切勹讀若包

𣎆 二十三莫交切𣎆讀若茅

巢 二十四鉏交切巢

棥 二切十三讀若莫交

包 二交切十一包布

爻 一爻十切九胡交

𠂤 十先七切見仙

囟 十囟五讀若仙切

害 十綠三切一惠敷

乘 十綠一切一

辛 平九讀去若虔切

羴 羊十辛丈切同

去 去五切呂

开 三切古賢

先 一切蘇前

下平聲一

㸚 爻切四讀若包交

宀 三切十二讀一交

交 二交十切古交

壴 鄉一十切八蓋音

㝵 十員十六讀若古玄

員 十綠四切貝王

川 十綠二切昌川

𠆢 十讀入若連

延 十切入丑連

沿 六切延

𠦒 四切田

田 二切田待

重刊許氏說文解字五音韻譜卷三

高 二十五古牢切高

毛 二十六莫袍切毛

刀 二十七都牢切刀

夲 二十八土刀切夲讀若滔

戈 二十九古禾切戈

禾 三十户戈切禾

多 三十一得何切多

它 三十二託何切它

麻 三十三莫遐切麻

巴 三十四伯加切巴

奢 三十五式車切奢

車 三十六尺遮切車

牙 三十七五加切牙

華 三十八户瓜切華

瓜 三十九古華切瓜

羊 四十與章切羊

方 四十一府良切方

匚 四十二府良切匚讀若方

亡 四十三武方切亡

長 四十四直良切長

香 四十五許良切𪏽與香同

畕 四十六居良切畕讀若畺

王 四十七雨方切王

倉 四十八七岡切倉

亢 四十九古郎切亢

尣 五十烏光切尣讀若汪

黃 五十一乎光切黃

黃 光切黃平 五十一

亢 郎切亢古 四十九

王 方切王雨 四十七

香 切香與香同 四十五許良

之 方切之 四十三居

方 良切方 四十一府

凡 甲切凡古 三十九

牙 加切牙 三十七五

奢 車切奢式 三十五

麻 遐切麻莫 三十三

多 何切多 三十一得

戈 禾切戈古 二十九

刀 牢切刀都 二十七

高 牢切高古 二十五

金 黃昔注光切 五十息

合 闔切會子 四十八

雷 切呂韻音畐 四十八吾良

京 良切京 四十四立

匚 切匚讀若方 四十二府良

羊 章切羊與 四十

華 瓜切華户 三十八

車 遮切車尺 三十六

巴 加切巴伯 三十四

它 何切它託 三十二

禾 戈切禾户 三十

夲 切夲讀若叨 二十八土刀

毛 袍切毛 二十六莫

先　前進也从儿从之凡先之屬皆从先　臣鉉等曰之人上是先也穌前切

兟　進也从二先贊从此闕　所臻切

文二

田　陳也樹穀曰田象四口十阡陌之制也凡田之屬皆从田　待年切

畸　殘田也从田奇聲居宜切

畿　天子千里地以遠近言之則言畿也从田幾省聲巨衣切

畬　三歲治田也易曰不菑畬田从田余聲以諸切

畦　田五十畝曰畦从田圭聲戶圭切

○⿰田耎　城下田也一曰⿰田耎郤地也从田耎聲而緣切

⿰田差　殘田也詩曰天方薦⿰田差从田差聲昨何切

當　田相值也从田尚聲都郎切

⿰田亢　竟也一曰陌也趙魏謂陌爲⿰田亢从田亢聲古郎切

甿　田民也从田亡聲武庚切

疇　耕治之田也从田象耕屈之形直田切

𠃬　疇或省

畱　止也从田丣聲力求切

⿰田翏　燒種也漢律曰⿰田翏田茠艸从田翏聲力求切

⿰田柔　和田也从田柔聲耳由切

○畤　天地五帝所基址祭地从田寺聲右扶風有五時好時鄜時皆黃帝時祭或曰秦文公立也周市切

畛　井田閒陌也从田㐱聲之忍切

畹　田三十畝也从田宛

前進也从儿从之凡先之屬皆[illegible]

从二先 進也 [illegible]

文二

田 陳也樹穀曰田象四口十阡陌之制也

凡田之屬皆从田 待年切

[illegible]

文三

[illegible]

□耎阮切

畽 禽獸所踐處也詩曰町畽鹿場从田童聲土短切

町 田踐處曰町从田丁聲他頂切

畮 六尺爲步步百爲畮从田每聲莫厚切

畝 畮或从田十久臣鉉等曰十四方也从久聲

○畍 境也从田介聲古拜切

畯 農夫也从田夋聲子峻切

疄 轢田也从田粦聲良刃切

畔 田界也从田半聲薄半切

甸 天子五百里地从田包省堂練切

○暘 不生也从田昜聲臣鉉等曰借爲通暘之暘今俗別作暢非是丑亮切

○畜 田畜也淮南子曰玄田爲畜丑六切

𤲸 魯郊禮畜从田从茲茲益也

畷 兩陌間道也廣六尺从田叕聲陟劣切

略 經略土地也从田各聲离約切

文二十九 重三

幵 三 平也象二干對構上平也凡幵之屬皆从幵 徐鍇曰开但象物平無音義也 古賢切

文一

弦 四 弓弦也从弓象絲軫之形

文一

幵 平也象二干對構上平也

文二十九 重三

田

凡弦之屬皆从弦 臣鉉等曰今別作絃非是胡田切

𢏔 急戾也从弦省少聲於霄切 ○ 盭 弼戾也从弦省从盩讀若戾 臣鉉等曰盩者擊辠人見血也弼戾之意郎計切 [illegible] 不成遂急戾也从弦省曷聲讀若瘞葬於罽切

文四

玄 五 幽遠也黑而有赤色者爲玄象幽而入覆之也凡玄之屬皆从玄 胡涓切 [illegible] 古文玄

玆 黑也从二玄春秋傳曰何故使吾水玆 子之切 玈 黑色也从玄旅省聲義當用黸 洛乎切

文二 重一 文一 新附

㳄 六 慕欲口液也从欠从水凡㳄之屬皆从㳄 叙連切 [illegible] 㳄或从侃 [illegible] 籀文㳄

𣲖 歠也从㳄厂聲讀若移以支切 ○

羨 貪欲也从㳄从羑省羑呼之羑文王所拘羑里 似面切

盜 私利物也从㳄㳄欲皿者 徒到切

文四 重二

羴 七 羊臭也从三羊凡羴之屬皆从羴 式連切

羶 羴或从亶

羼 羊相厠也从羴在尸下尸屋也一曰相出前也 初限切

文二 重一

㢟 八 安步㢟㢟也从廴从止凡㢟之屬皆从㢟 丑連切

延 長行也从㢟丿聲 以然切

文二

䇂 九 辠也从干二二古文上字凡䇂之屬皆从䇂讀若愆張林說 去虔切

[illegible]

文四　重二

[illegible] 羊臭也从三羊 [illegible]

[illegible] 羊相厠也 [illegible]

文二　重一

[illegible] 从隹从䀠 [illegible]

[illegible]

文二

䇂 辠也从干二二古文上字 [illegible]

凡䇂之屬皆从䇂讀若愆張林說 [illegible]

童 男有辠曰奴奴曰童女曰妾从䇂重省聲徒紅切 𥫔 籀文童中與竊中同从廿廿以爲古文疾字

○妾 有辠女子給事之得接於君者从䇂从女春秋云女爲人妾妾不娉也七接切

文三 重一

宀 交覆深屋也象形凡宀之屬皆从宀武延切

寷 大屋也从宀豐聲易曰豐其屋敷戎切

宗 尊祖廟也从宀从示作冬切

容 盛也从宀谷臣鉉等曰屋與谷皆所以盛受也余封切

㝐 古文容从公

宜 所安也从宀之下一之上多省聲魚羈切

𡧪 古文宜

𡨀 亦古文宜

宧 養也室之東北隅食所居从宀𦣞聲與之切

宸 屋宇也从宀辰聲植鄰切

宭 羣居也从宀君聲渠云切

寒 凍也从人在宀下以茻薦覆之下有仌胡安切

完 全也从宀元聲古文以爲寬字胡官切

安 靜也从女在宀下烏寒切

寏 周垣也从宀奐聲胡官切

院 寏或从𨸏又爰眷切

寬 屋寬大也从宀萈聲苦官切

寰 王者封畿內縣也从宀睘聲戶關切

○𡫄 𡫄𡫄不見也一曰𡫄𡫄不見省人从宀𥈆聲武延切

宣 天子宣室也从宀亘聲須緣切

宵 夜也从宀宀下冥也肖聲相邀切

家 居也从宀豭省聲古牙切

𡨦 古文家

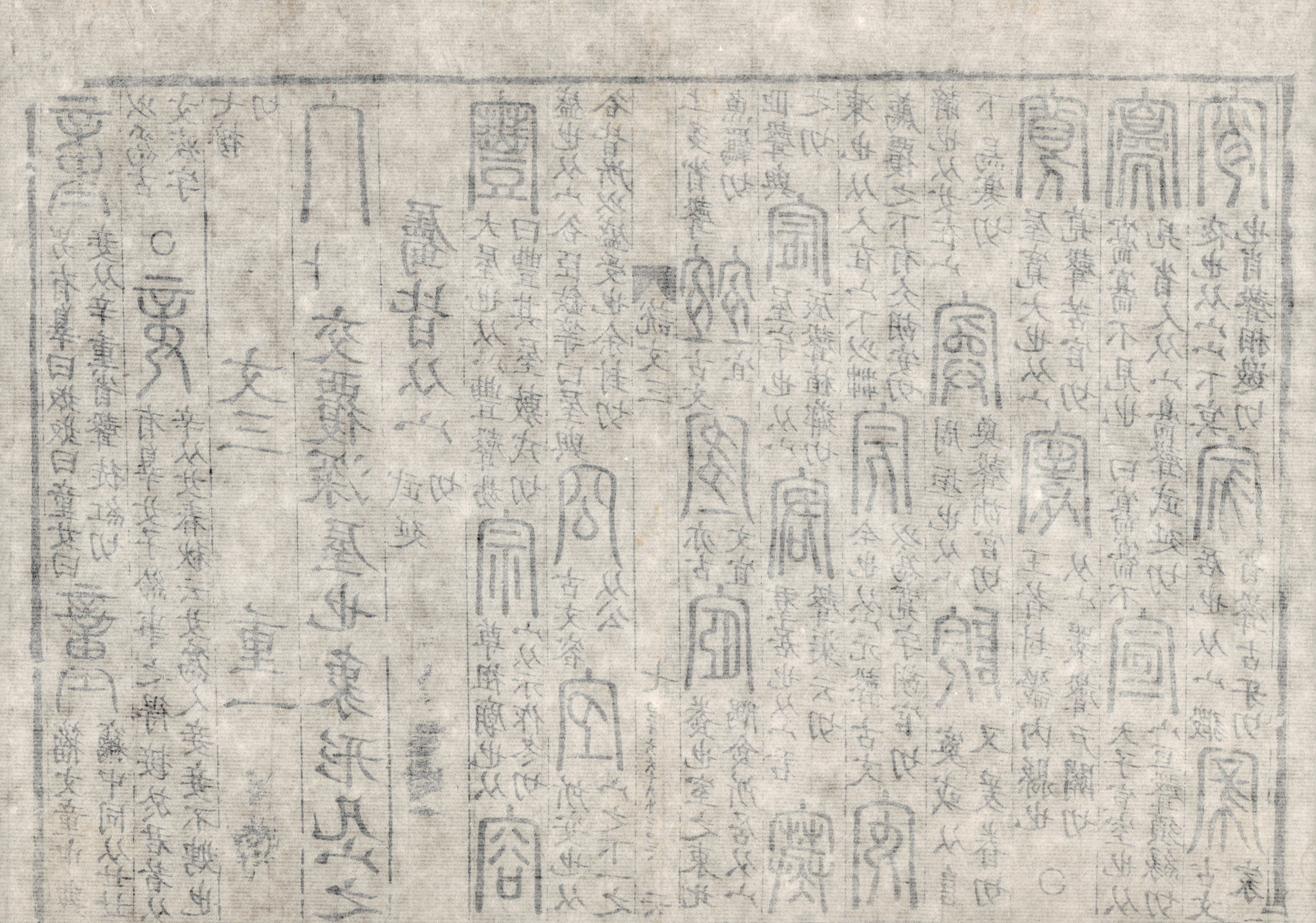

㝗 康也从宀良聲 音良又力康切

㝩 屋㝩㝗也从宀康聲苦岡切

宏 屋深響也从宀厷聲戶萌切

宖 屋響也从宀弘聲戶萌切

宬 屋所容受也从宀成聲氏征切

寍 安也从宀心在皿上人之飲食器所以安人奴丁切

○**宂** 㪚也从宀人在屋下無田事周書曰宮中之宂食而隴切

寵 尊居也从宀龍聲丑壟切

寪 屋皃从宀爲聲韋委切

宄 姦也外爲盜內爲宄从宀九聲讀若軌居洧切

𡧈 古文宄

𡩖 亦古文宄

寠 無禮居也从宀婁聲其榘切

宇 屋邊也从宀于聲易曰上棟下宇王榘切

㝢 籒文宇从禹

宔 宗廟宔祏从宀主聲之庾切

宷 同地爲宷从宀采聲倉宰切

宰 辠人在屋下執事者从宀从辛辛辠也作亥切

宛 屈草自覆也从宀夗聲於阮切

惌 宛或从心

宎 戶樞聲也室之東南隅从宀皀聲烏皎切

寶 珍也从宀从玉从貝缶聲博皓切

𡧓 古文寶省貝

㝐 藏也从宀㒒聲㒒古文保周書曰陳宗赤刀博褒切

寫 置物也从宀舄聲悉也切

寡 少也从宀从頒頒分賦也故爲少古瓦切

守 守宮也从宀从寸寺府之事者从寸寸法度也書九切

寑 臥也从宀㑴聲七荏切

𡩠 籒文寑省

寁 居之速也从宀疌聲子感切

○**宋** 居也从宀从木讀若送臣鉉等曰木者所以成室以

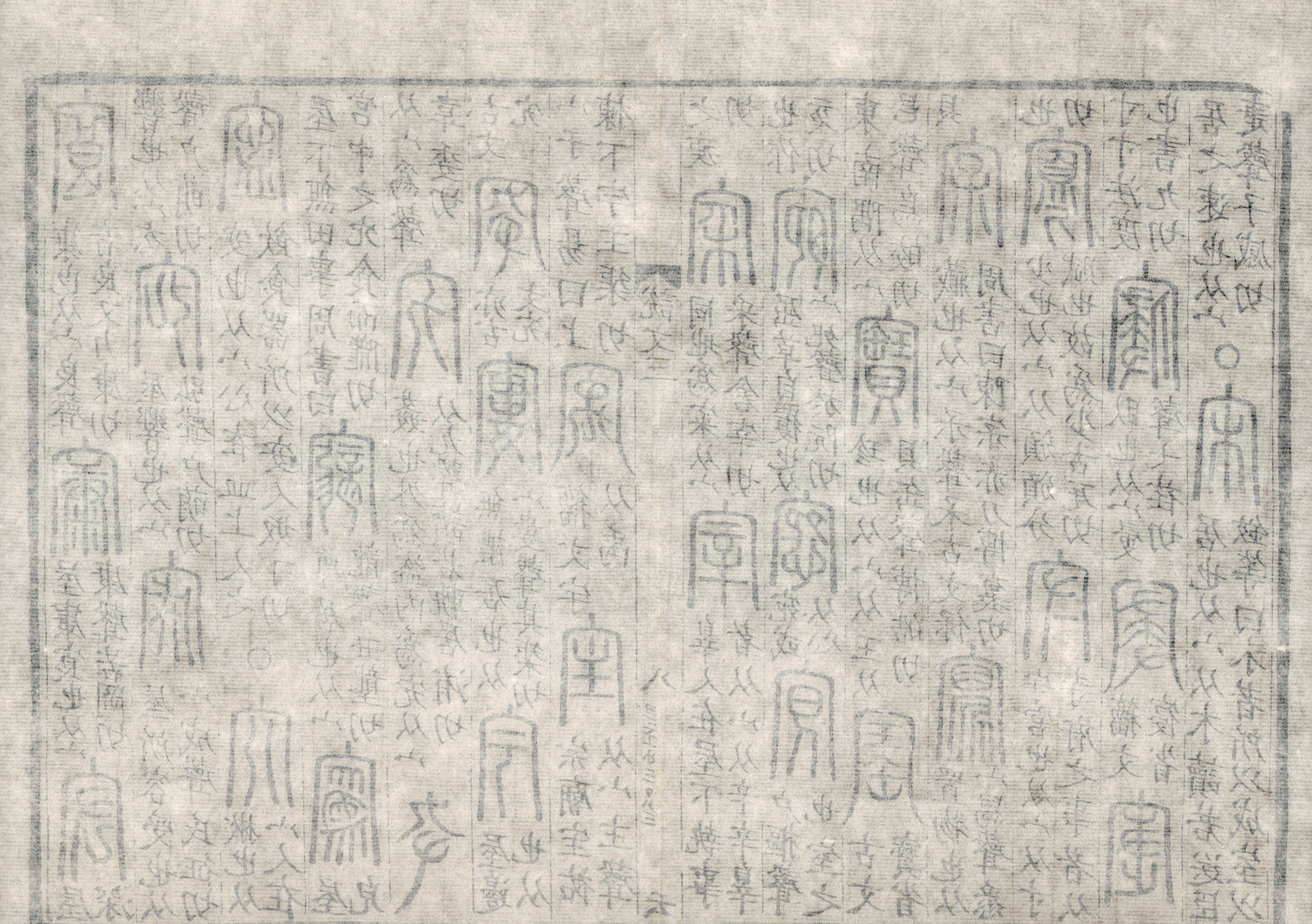

居人也蘇統切

寄 託也从宀奇聲居義切

寘 置也从宀眞聲支義切

寓 寄也从宀禺聲牛具切

庽 寓或从广

寤 寤也从宀吾聲五故切

㝞 靜也从宀契聲於計切

𡨄 塞也从宀㪔聲讀若虞書曰㪔三苗之㪔麤最切

害 傷也从宀从口宀口言从家起也丰聲胡蓋切

𡫸 至也从宀親聲初僅切

宦 仕也从宀从臣胡慣切

宴 安也从宀晏聲於甸切

𡧧 冥合也从宀丏聲讀若周書若藥不眄眩莫甸切

奧 宛也室之西南隅从宀𡕥聲臣鉉等曰𡕥非聲未詳烏到切

向 北出牖也从宀从口詩曰塞向墐戶徐鍇曰牖所以通人气故从口許諒切

宕 過也一曰洞屋从宀碭省聲汝南項有宕鄉徒浪切

定 安也从宀从正徒徑切

宥 寬也从宀有聲于救切

𡧫 貧病也从宀久聲詩曰煢煢在𡧫居又切

富 備也一曰厚也从宀畐聲方副切

宙 舟輿所極覆也从宀由聲直又切

𡫳 屋傾下也从宀執聲都念切

○宿 止也从宀㐁聲㐁古文夙息逐切

𡨛 窮也从宀𥷚聲𥷚與𥫱同居六切

𥨍 𡨛或从穴

室 實也从宀从至至所止也式質切

實 富也从宀从貫貫貨貝也神質切

宓 安也从宀必聲美畢切

察 覆也从宀祭臣鉉等曰祭祀必天質明明察也故从祭初八切

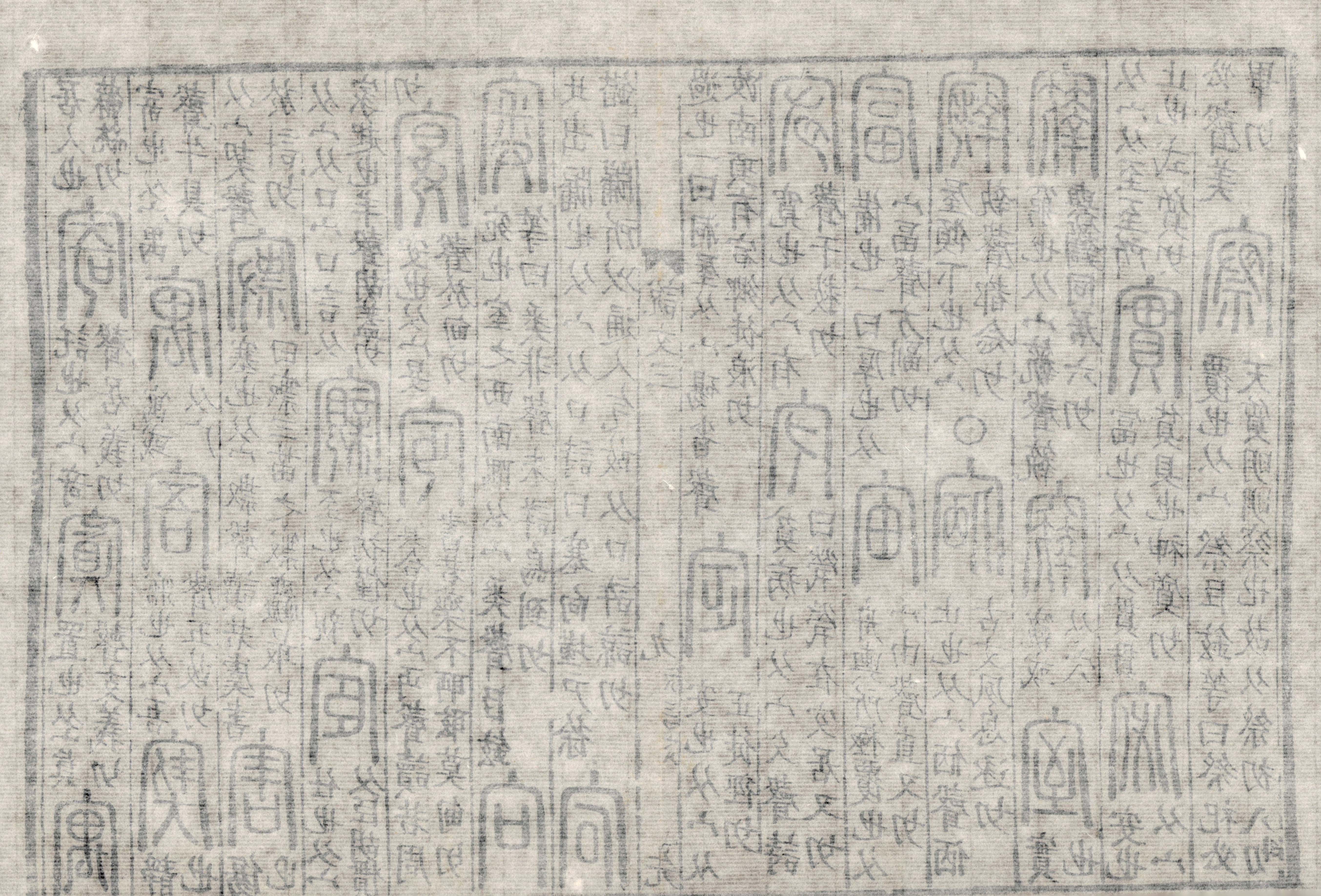

說文三

九

宅 所託也从宀乇聲 場伯切 𡧗 古文宅 㡯 亦古文宅

客 寄也从宀各聲 苦格切 㝫 入家搜也从宀索聲 所責切 𡧘 無人聲从宀尗聲 前歷切 諔 宋或从言 寔 止也从宀是聲 常隻切

文七十一 重十六 文三 新附

泉 水原也象水流出成川形 疾緣切 凡泉之屬皆从泉

𤅊 泉水也从泉緐聲 讀若飯 符萬切

文二

川 貫穿通流水也虞書曰濬くく距川言深くく之水會爲川也凡川之屬皆从川 昌緣切

邕 四方有水自邕城池者 从川从邑 於容切 𨚚 籒文邕

𡿧 害也从一雝川春秋傳曰川雝爲澤凶 祖才切

○

巟 水廣也从川亡聲 易曰包巟用馮河 呼光切

巠 水脈也从川在一下一地也壬省聲一曰水冥巠也 古靈切 𢀖 古文巠不

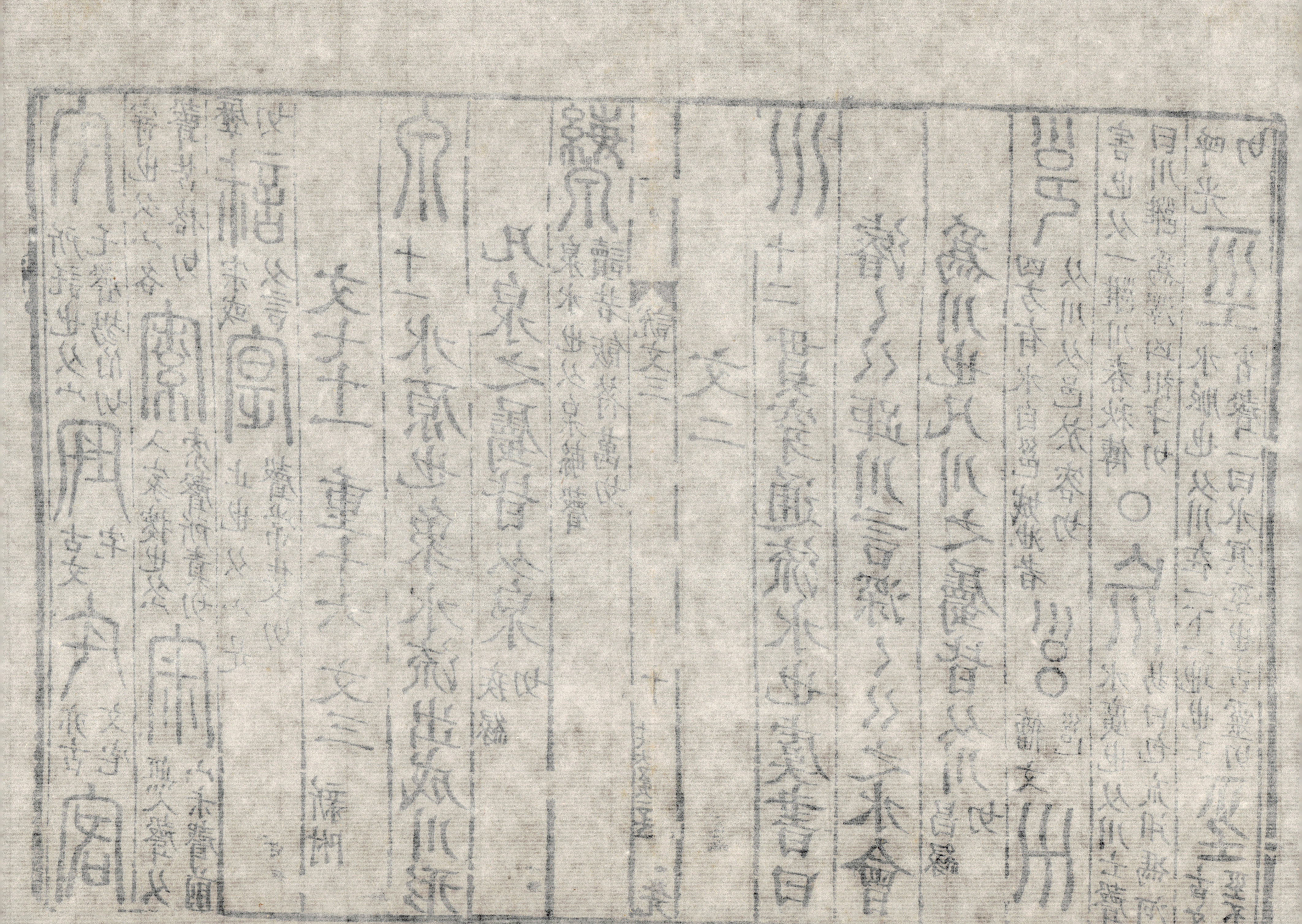

省

水中可居曰州周遶其旁从重川昔堯遭洪水民居水中高土故曰九州詩曰在河之州一曰州疇也各疇其土而生之臣鉉等曰今別作洲非是職流切

古文州

○

侃 剛直也从㐰㐰古文信从川取其不舍晝夜論語曰子路侃侃如也空旱切

○

𡿧 水流也从川曰聲于筆切

𡿨 水流䜌䜌也从川列省聲臣鉉等曰列字从䜌此疑誤當从𣦵𣦵省良辥切

𡿯 水流也从川或聲于逼切

文十　重三

叀 十三

專小謹也从幺省屮財見也屮亦聲凡叀之屬皆从叀職緣切

古文叀

亦古文叀

□十四大四三小三百六　召

惠 仁也从心从叀徐鍇曰為惠者心專也胡桂切

古文惠从芔

疐 礙不行也从叀引而止之也叀者如叀馬之鼻从此與牽同意陟利切

文三　重二

員 十四

物數也从貝口聲凡員之屬皆从員徐鍇曰古以貝為貨故數之王權切

籀文从鼎

者 州 水中可居曰州周遶其旁从重川昔堯遭洪水民居水中高土故曰九州詩曰在河之州一曰州疇也各疇其土而生之 臣鉉等曰今別作洲非是 職流切 [illegible] 古文州

侃 剛直也从㐰㐰古文信从川取其不舍晝夜論語曰子路侃侃如也 [illegible]切

〇 [illegible] 水流也 [illegible] 曰象 [illegible]

巟 水廣也从川亡聲 [illegible]

籀文 [illegible] 省 [illegible] 曰 [illegible]

[illegible] 本 [illegible] 也从川 [illegible]

文十 重三

說文六 十

叀 十三 叀小謹也从幺省屮 [illegible] 見 [illegible]

[illegible] 十 [illegible] 凡叀之屬皆从叀 [illegible]

[illegible] 古文叀 [illegible] 亦古文叀

疐 礙不行也从叀引而止之也叀者如叀馬之鼻从此與牽同意 [illegible]

惠 仁也从心从叀 臣鉉等曰爲惠者心專也 [illegible]切 [illegible] 古文惠从芔

文三 重三

員 十四 員物數也从貝口聲凡員之屬皆从員 臣鉉等曰古以貝爲貨故數之 [illegible]切 [illegible] 籀文从鼎

䡅 物數紛䡅亂也从員云聲讀若春秋傳曰宋皇鄖羽文切

文二　重一

𠧪 十五 艸木實垂𠧪𠧪然象形凡𠧪之屬皆从𠧪讀若調徒遼切

𠧪 籒文三𠧪爲𠧪

文三

粟 嘉穀實也从𠧪从米孔子曰粟之爲言續也相玉切

粟 籒文粟

栗 木也从木其實下垂故从𠧪力質切

栗 古文栗从西从二𠧪徐巡說木至西方戰㮚

文三　重三

孟大手小孟三　召

県 十六 到首也賈侍中說此斷首到縣県字凡県之屬皆从県古堯切

縣 繫也从系持県臣鉉等曰此本是縣挂之縣借爲州縣之縣今俗加心別作懸義無所取胡涓切

文二

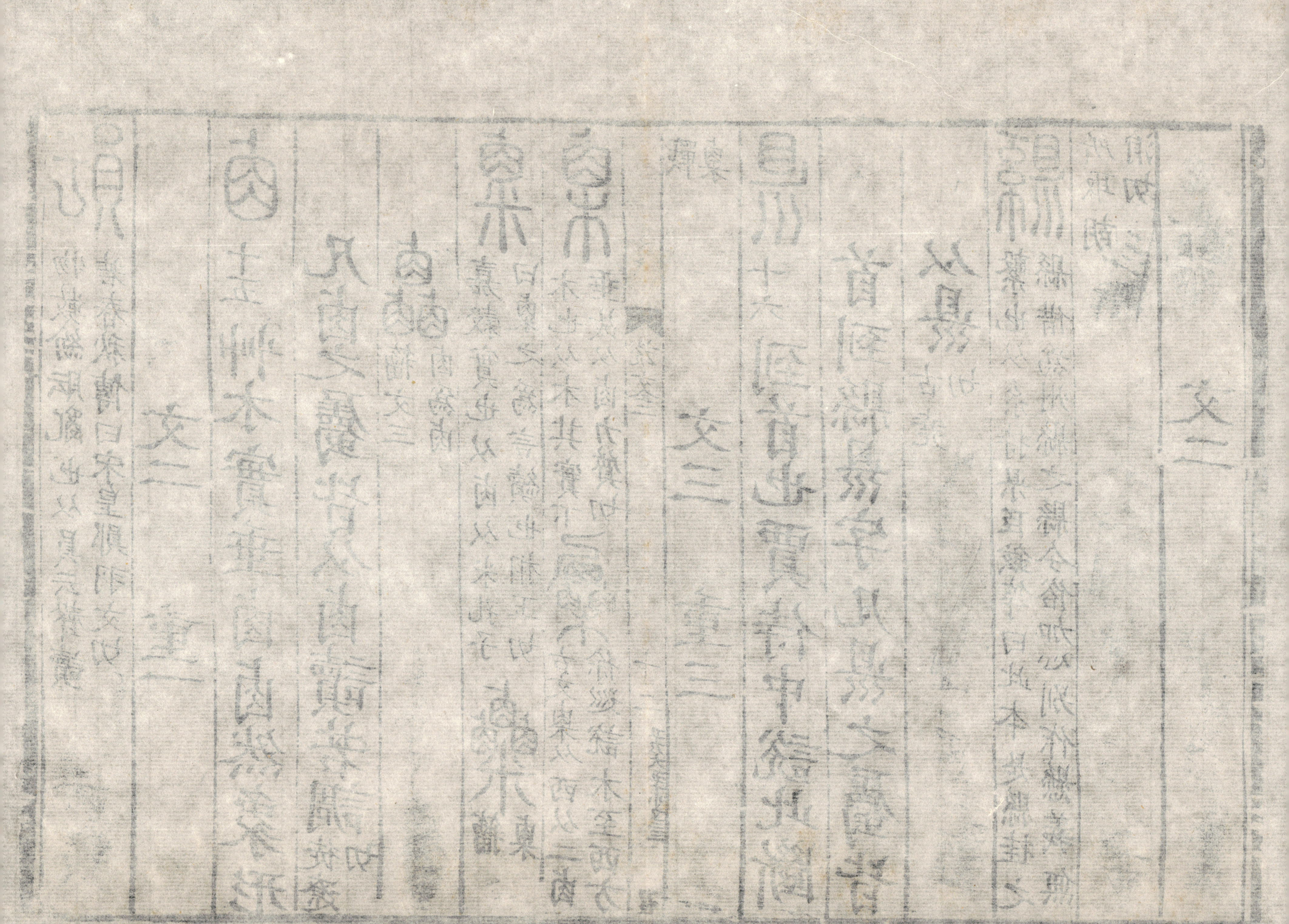

幺 十七 小也象子初生之形凡幺之屬皆从幺 於堯切

麼 細也从幺麻聲亡果切

文二

○幼 小也从幺从力伊謬切

文一新附

垚 十八 土高也从三土凡垚之屬皆从垚 吾聊切

堯 高也从垚在兀上高遠也吾聊切

𡉴 古文堯

文二 重一

爻 十九 交也象易六爻頭交也凡爻之屬皆从爻 胡茅切

棥 藩也从爻从林詩曰營營青蠅止于棥附袁切

文二

㸚 二十 交脛也从大象交形凡㸚之屬皆从㸚 古爻切

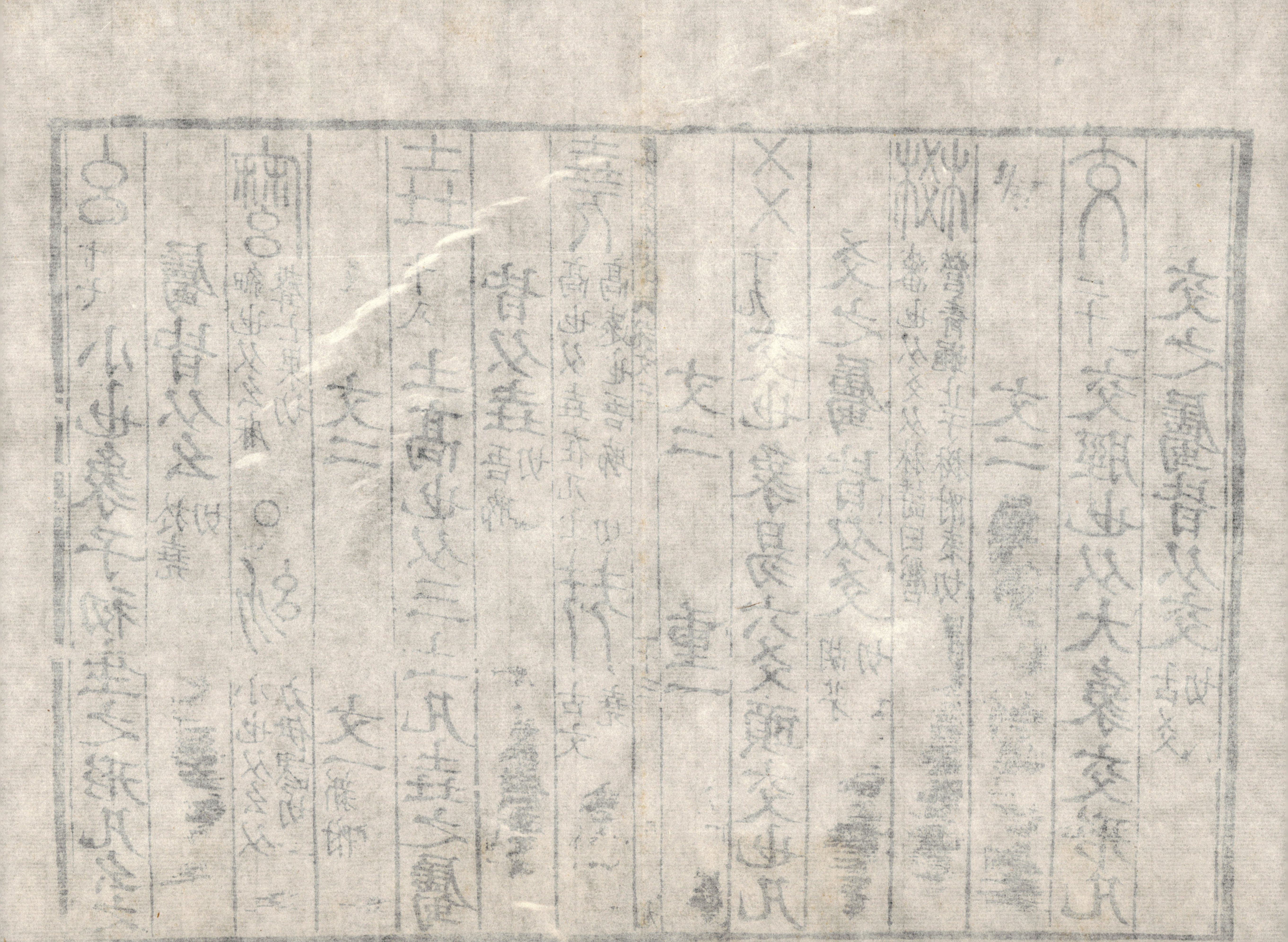

交之屬皆从交 古爻切

交 交脛也从大象交形凡

文三

𢇛 [illegible]

交之屬皆从交 [illegible]

爻 交也象易六爻頭交也凡

文二 重一

壹 [illegible] 从壺吉聲 [illegible]

壹之屬皆从壹 於悉切

吉 [illegible] 文二

文二

幽 [illegible] 从𢆶 [illegible]

幺之屬皆从幺 於堯切

幺 小也象子初生之形凡

衺也从交韋聲羽非切○

縊也从交从糸古巧切

文三

二十一

象人裹妊巳在中象子未成形也元气起於子子人所生也男左行三十女右行二十俱立於巳爲夫婦裹妊於巳巳爲子十月而生男起巳至寅女起巳至申故男秊始寅女秊始申也凡包之屬皆从包 布交切

兒生裹也从肉从包匹交切

瓠也从包从夸聲包取其可包藏物也 薄交切

文三

二十二

裹也象人曲形有所包裹凡勹之屬皆从勹 布交切

文三 重一

西南夷長[illegible]羊也从羊

文十五 重三

巢 二十四 鳥在木上曰巢在穴曰窠从木象形凡巢之屬皆从巢 鉏交切

𢾕 傾覆也从寸臼覆之寸人手也从巢省杜林說以爲貶損之貶 方斂切

文二

高 二十五 崇也象臺觀高之形从冂口與倉舍同意凡高之屬皆从高 古牢切

亭 民所安定也亭有樓从高省丁聲 特丁切

○

𩫐 小堂也从高省冋聲 去穎切

廎 𩫐或从广頃聲

○

亳 京兆杜陵亭也从高省乇聲 旁各切

文四 重一

毛 二十六 眉髮之屬及獸毛也象形凡毛之屬皆从毛 莫袍切

氍 氍毹毾㲪皆氈緂之屬蓋方言也从毛瞿聲 其俱切

毹 氍毹也从毛俞聲 羊朱切

𣯶 以毳爲繝色如虋故謂之𣯶虋禾之赤苗也从毛㒼聲詩曰毳衣如𣯶 莫奔切

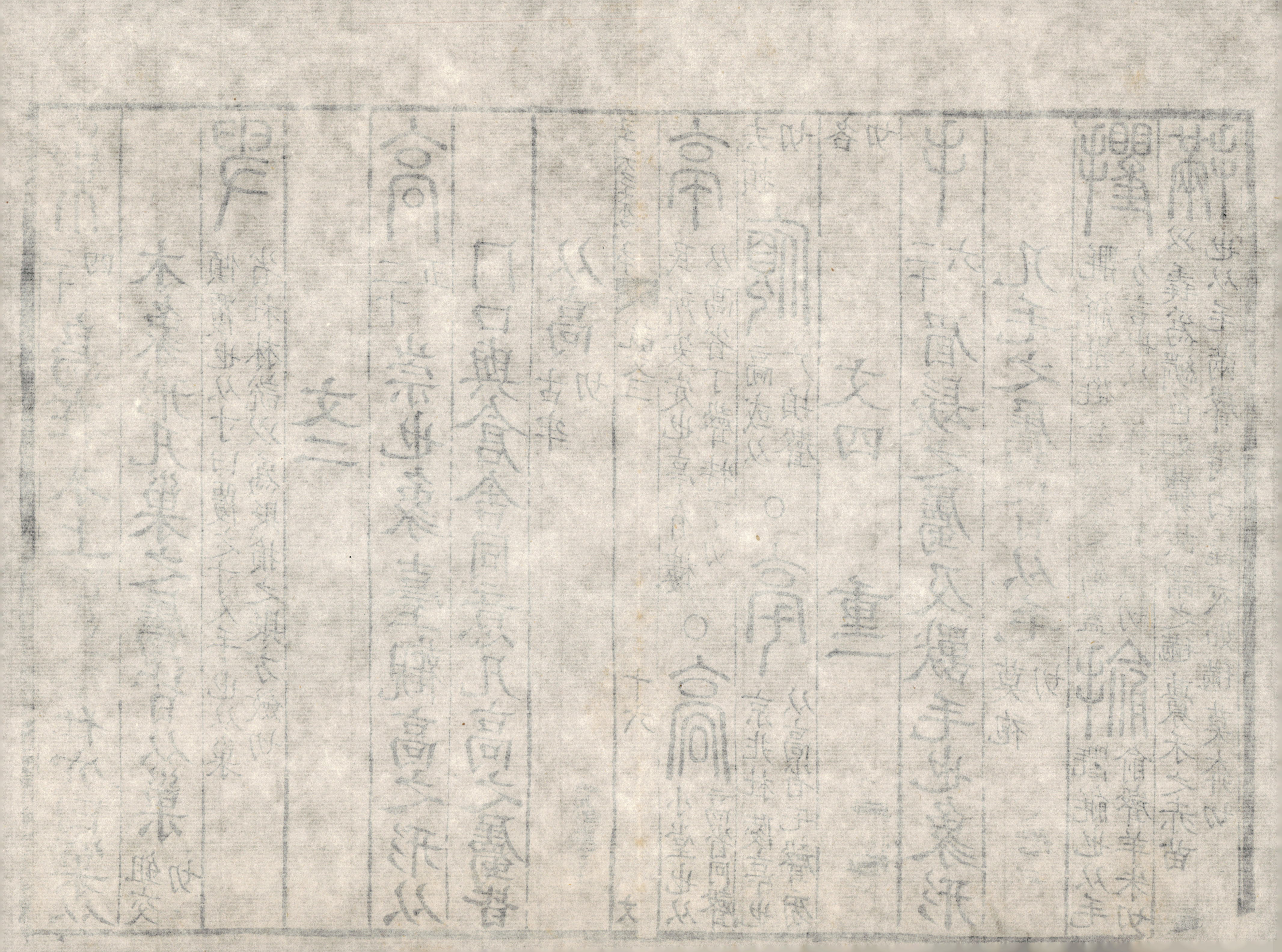

氈 撚毛也从毛亶聲諸延切 㲪 毾㲪也从毛登聲都滕切 毬 鞠丸也从
毛求聲巨鳩切 ○ 氄 毛盛也从毛隼聲虞書曰鳥獸㲨毛而尹切又人勇切 毨 仲秋
鳥獸毛盛可選取以爲器用从毛先聲讀若選穌典切 氅 析鳥羽爲旗纛之屬从毛敞聲
昌兩切 ○ 毦 羽毛飾也从毛耳聲仍吏切 ⿰倝毛 獸豪也从毛倝聲侯幹切
○ 毾 毾㲪也从毛𦐇聲土盍切

文六

文七 新附

刀 三十七 兵也象形凡刀之屬皆

从刀 都牢切

剺 剝也劃也从刀𠩺聲里之切 初 始也从刀从衣裁衣之始也楚居切 刳
判也从刀夸聲苦孤切 刲 刺也从刀圭聲易曰士刲羊苦圭切 剴 大鎌也一曰摩
也从刀豈聲五來切 刊 剟也从刀干聲苦寒切 剜 削也从刀宛聲一丸切 刓
剸也从刀元聲一曰齊也五丸切 刪 剟也从刀冊冊書也所姦切 ○ 剈 挑取
也从刀肙聲一曰窐也烏玄切 釗 刓也从刀从金周康王名止遙切 剛 彊斷也从
刀岡聲古郎切 㓻 古文剛如此 剄 刑也从刀巠聲古零切 刑

[illegible]也从刀[illegible]聲[illegible]　[illegible]　[illegible]从刀从金[illegible]　[illegible]

[illegible]曰齊也[illegible]　[illegible]也从刀元聲一[illegible]　刪　剟也从刀冊冊[illegible]　○　[illegible]

[illegible]也从刀[illegible]聲[illegible]　[illegible]　[illegible]聲[illegible]　[illegible]从刀[illegible]　[illegible]

[illegible]也从刀[illegible]聲　刲　刺也从刀圭聲易曰士刲羊苦圭切　[illegible]　一曰[illegible]

[illegible]也从刀[illegible]　[illegible]也从刀[illegible]　[illegible]　[illegible]也从刀从[illegible]

[illegible]

刀　兵也象形凡刀之屬皆从刀[illegible]

文六[illegible]　文十　新附

○　[illegible]　[illegible]聲[illegible]也从毛[illegible]

[illegible]　○　[illegible]　[illegible]从毛[illegible]

[illegible]从毛先聲讀若選穌典切　○　[illegible]

[illegible]　○　[illegible]　[illegible]从毛[illegible]

[illegible]　撚毛也从毛亶聲諸延切　[illegible]　[illegible]从毛[illegible]

剄也从刀幵聲戶經切

鎌也从刀句聲古侯切

劖 斷也从刀毚聲一曰剽也釗也鉏銜切

○剞 剞劂曲刀也从刀奇聲居綺切

刎 剄也从刀勿聲武粉切

刌 切也从刀寸聲倉本切

𠞊 減也从刀尊聲茲損切

前 齊斷也从刀歬聲子善切

剬 斷齊也从刀耑聲旨兖切

劋 絕也从刀喿聲周書曰天用劋絕其命子小切

刀握也从刀缶聲方九切

剖 判也从刀咅聲浦后切

剡 銳利也从刀炎聲以冉切

○利 銛也从刀和然後利从和省易曰利者義之和也力至切

古文利

刺 君殺大夫曰刺刺直傷也从刀从朿朿亦聲七賜切

劓 刑鼻也从刀臬聲易曰天且劓魚器切

劓 臬或从鼻

刵 斷耳也从刀从耳仍吏切

劑 齊也从刀从齊齊亦聲在詣切

制 裁也从刀从未未物成有滋味可裁斷一曰止也征例切

古文制如此

劌 利傷也从刀歲聲居衛切

刉 劃傷也从刀气聲一曰斷也又讀若殪一曰刀不利於瓦石上刉之古外切

劊 斷也从刀會聲古外切

券 契也从刀𠔉聲券別之書以刀判契其旁故曰契券去願切

判 分也从刀半聲普半切

辨 判也从刀辡聲蒲莧切

剽 砭刺也从刀㶾聲一曰剽劫人也匹妙切

剉 折傷也从刀坐聲麤臥切

㓠 缺也从刀占聲詩曰白圭之㓠丁念切

○ 裂也从刀

文[illegible]三 · 重[illegible]

文四 新附

[illegible] 二十八 進趣也从大从十大十猶兼十人也凡夲之屬皆从夲讀若滔 土刀切

[illegible] 气皐白之進也从夲从白禮祝曰皐登謌曰奏故皐奏皆从夲周禮曰詔來鼓皐舞皐告之也 古勞切

○ [illegible] 進也从夲从屮允聲 易曰[illegible]升大吉 余準切 ○

[illegible] 文三 [illegible] 二十

[illegible] 疾有所趣也从日出夲廾之 薄報切 [illegible] 奏進也从夲从廾从屮屮上進之義 則候切 [illegible] 古文 [illegible] 亦古文 ○ [illegible] 疾也从夲卉聲拜从此 呼骨切

文六 重三

[illegible] 二十九 [illegible]也从大[illegible] 凡[illegible]之屬皆从[illegible] [illegible]

[illegible] [illegible]周書曰[illegible] [illegible]

𢦏 傷也从戈才聲祖才切

戔 賊也从二戈周書曰戔戔巧言徐鍇曰兵多則殘也故从二戈昨干切

〇

戕 槍也他國臣來弒君曰戕从戈爿聲士良切

戡 刺也从戈甚聲口含竹甚二切

𢧁 殺也从戈今聲商書曰西伯既𢧁黎口含切

𢧵 絕也一曰田器从从持戈古文讀若咸讀若詩云攕攕女手臣鉉等曰㦰鋭意也故从从子廉切

〇

武 楚莊王曰夫武定功戢兵故止戈爲武文甫切

戩 滅也从戈晉聲詩曰實始戩商即淺切

戭 長槍也从戈寅聲春秋傳有擣戭以淺弋刃二切

肈 上諱 臣鉉等曰後漢和帝名也案李舟切韻云擊也从戈肈聲直小切

〇

戲 三軍之偏也一曰兵也从戈虛聲香義切

戍 守邊也从人持戈傷遇切

𢧀 盾也从戈旱聲侯旰切

戰 鬭也从戈單聲之扇切

〇

戮 殺也从戈翏聲力六切

戛 戟也从戈从百讀若棘古黠切

𢧐 斷也从戈雀聲昨結切

𢧋 利也一曰剔也从戈呈聲徒結切

戟 有枝兵也从戈倝周禮戟長丈六尺讀若棘臣鉉等曰倝非聲義當从榦省榦枝也紀逆切

戠 闕从戈从音之弋切

或 邦也从口从戈以守一一地也于逼切臣鉉等曰今俗作胡國切以爲疑或不定之意

域 或又从土臣鉉等曰今無復或音

賊 敗也从戈則聲昨則切

戢 藏兵也从戈咠聲詩曰載戢干戈阻立切

文二十六　重一

禾 嘉穀也二月始生八月而孰得時之中故謂之禾禾木也木王而生金王而死从木从𠂹省𠂹象其穗凡禾之屬皆从禾　戶戈切

稯 布之八十縷爲稯从禾㚇聲子紅切

𥟩 籒文稯省

穜 先穜後孰也从禾重聲直容切

移 禾相倚移也从禾多聲一曰禾名臣鉉等曰多與移聲不相近蓋古有此音弋支切

私 禾也从禾厶聲北道名禾主人曰私主人　息夷切

𪏁 稷也从禾齊聲即夷切

粢 𪏁或从次

𥢑 積禾也从禾資聲詩曰𥢑之秩秩即夷切

秜 稻今年落來年自生謂之秜从禾尼聲里之切

秠 一稃二米从禾丕聲詩曰誕降嘉穀惟秬惟秠天賜后稷之嘉穀也敷悲切

稘 復其時也从禾其聲虞書曰稘三百有六旬　居之切

稀 疏也从禾希聲徐鍇曰當言从爻从巾無聲字爻者稀疏之義與爽同意巾象禾之根莖至於莃晞皆當从稀省何以知之說文無希字故也香依切

稃 稽也从禾孚聲芳无切

文[illegible]六　重一

禾 嘉穀也二月始生八月而孰得時之中故謂之禾禾木也木王而生金王而死从木从𠂹省𠂹象其穗凡禾之屬皆从禾[illegible]

[illegible]

粰 稃或从米付聲

穌 把取禾若也从禾魚聲素孤切

租 田賦也从禾且聲則吾切

䅘 齊謂麥䅘也从禾來聲洛哀切

秦 伯益之後所封國地宜禾从禾舂省一曰秦禾名匠鄰切

䅘 籀文秦从秝

秊 穀孰也从禾千聲春秋傳曰大有秊奴顛切

䅌 麥莖也从禾肙聲古玄切

穮 耕禾間也从禾麃聲春秋傳曰是穮是衮甫嬌切

科 程也从禾从斗斗者量也苦禾切

秅 二秭為秅从禾乇聲周禮曰二百四十斤為秉四秉曰筥十筥曰稯十稯曰秅四百秉為一秅宅加切

穰 黍𥝩已治者从禾襄聲汝羊切

秧 禾若秧穰也从禾央聲於良切

穅 穀皮也从禾从米庚聲苦岡切

康 穅或省

⿰禾荒 虛無食也从禾荒聲呼光切

穔 䅭穔也从禾皇聲戶光切

秔 稻屬从禾亢聲古行切

稉 秔或从更聲古猛切

䅭 䅭穔穀名从禾旁聲薄庚切

程 品也十髮為程一程為分十分為寸从禾呈聲直貞切

稱 銓也从禾爯聲春分而禾生日夏至晷景可度禾有秒秋分而秒定律數十二秒而當一分十分而寸其以為重十二粟為一分十二分為一銖故諸程品皆从禾處陵切

稠 多也从禾周聲直由切

秋 禾穀孰也从禾𪊍省聲七由切

𥤚 籀文不省

稴 稻不黏者从禾兼聲讀若風廉之廉力兼切

○

秭 五稯為秭从禾

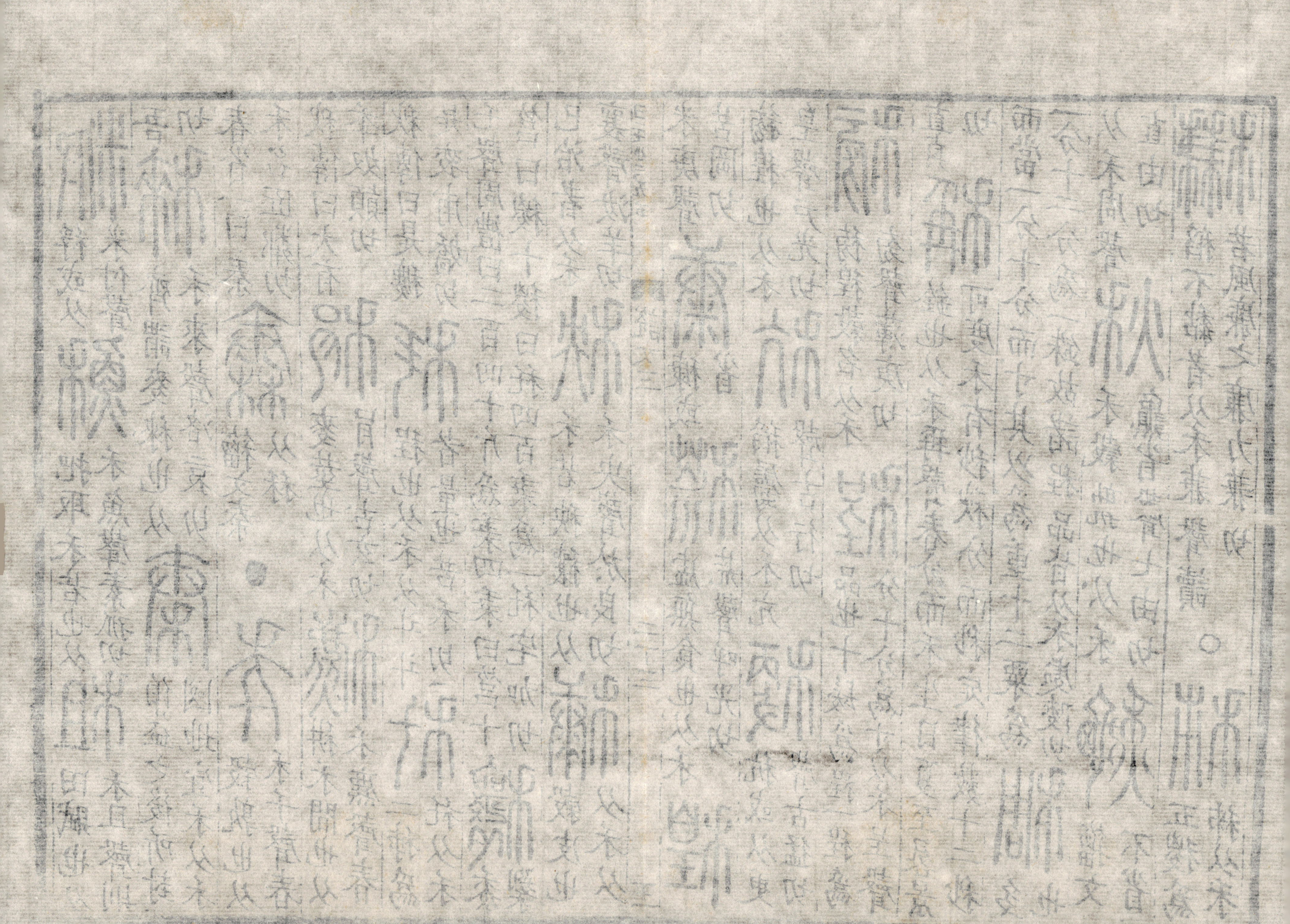

𠂔聲一曰數億至萬曰秭將几切

秕 不成粟也从禾比聲卑履切

秄 壅禾本从禾子聲即里切

穖 禾穖也从禾幾聲居狶切

稌 稻也从禾余聲周禮曰牛宜稌徒古切

稹 穜穊也从禾眞聲周禮曰稹理而堅之忍切

稛 絭束也从禾囷聲苦本切

穩 蹂穀聚也一曰安也从禾隱省古通用安隱烏本切

稈 禾莖也从禾旱聲春秋傳曰或投一秉稈古旱切

秆 稈或从干

[illegible] 禾危穗也从禾勺聲都了切

秒 禾芒也从禾少聲亡沼切

稾 稈也从禾高聲古老切

稻 稌也从禾舀聲徒皓切

[illegible] 禾垂皃从禾耑聲讀若端丁果切

稞 穀之善者从禾果聲一曰無皮穀胡瓦切

穬 芒粟也从禾廣聲古猛切

穎 禾末也从禾頃聲詩曰禾穎穟穟余頃切

稔 穀孰也从禾念聲春秋傳曰鮮不五稔而甚切

穜 埶也从禾童聲之用切

穟 禾采之皃从禾遂聲詩曰禾穎穟穟徐醉切

[illegible] 穟或从艸

采 禾成秀也人所以收从爪禾徐醉切

穗 采或从禾惠聲

稺 幼禾也从禾屖聲直利切

穊 稠也从禾既聲几利切

[illegible] 稻紫莖不黏也从禾糞聲讀若靡扶沸切

[illegible] 稭也从禾气聲居气切

穧 穫刈也一曰撮也从禾齊聲在詣切

穄 穈也从禾祭聲子例切

稅 租也从禾兌聲

木齊讀在詣切也一曰擊也从 [illegible] 聲讀若阿切 [illegible]也从木[illegible]聲 [illegible] 木[illegible]也从

黃齊讀若[illegible]也从 [illegible] [illegible]聲讀若[illegible]切 [illegible] 相也从[illegible]

[illegible]不[illegible]也从木[illegible] [illegible] 聲[illegible]切 [illegible] 从木[illegible]

[illegible]切 [illegible] 从木[illegible]也从木 [illegible] 聲[illegible]切 [illegible] 从木[illegible]

[illegible] 从[illegible]文用[illegible]切 [illegible] 木[illegible]也从[illegible]木[illegible] [illegible]

[illegible] 从[illegible]也从木章 [illegible] 詩曰[illegible]木[illegible] [illegible]

[illegible]切[illegible]从木[illegible]切 [illegible] [illegible]也从木[illegible]聲 [illegible]一

从[illegible]曰[illegible] [illegible] 也从木[illegible] [illegible]

說文六上 二十四 王

[illegible]也从木[illegible]聲 [illegible] 讀若[illegible]切 [illegible] [illegible]

[illegible]从木[illegible]切 [illegible] [illegible]也从木[illegible]聲[illegible]切 [illegible]

[illegible]古牙切 [illegible] 从木午聲[illegible]切 [illegible] 木[illegible]也从木[illegible]

曰[illegible]一[illegible] [illegible] 用[illegible]也从木[illegible]切 [illegible] 本[illegible]也从木[illegible]

[illegible] [illegible]也一曰[illegible]从木[illegible]聲[illegible]切 [illegible] 本[illegible]

[illegible]千聲 [illegible] [illegible]也从木[illegible] [illegible] 从木[illegible]聲 [illegible]

[illegible]一曰[illegible]切 [illegible] [illegible]木[illegible]也从木[illegible] [illegible] 本[illegible]

輸芮切

䅣 穅也从禾會聲苦會切

稗 禾別也从禾卑聲琅邪有稗縣旁卦切

稕 束稈也从禾𦎫聲之閏切

⿰禾安 轢禾也从禾安聲烏旰切

稬 沛國謂稻曰稬从禾耎聲奴亂切

稍 出物有漸也从禾肖聲所教切

秏 稻屬从禾毛聲伊尹曰飯之美者玄山之禾南海之秏呼到切

䆃 禾也从禾道聲司馬相如曰䆃一莖六穗徒到切

稼 禾之秀實爲稼莖節爲禾从禾家聲一曰稼家事也一曰在野曰稼古訝切

秀 上諱 漢光武帝名也徐鍇曰禾實也有實之象下垂也息救切

○

穀 續也百穀之總名从禾㱿聲古禄切

穆 禾也从禾㣎聲莫

卜切

稑 疾孰也从禾坴聲詩曰黍稷種稑力竹切

穋 稑或从翏

秩 積也从禾失聲詩積之秩秩直質切

秫 稷之黏者从禾朮象形食聿切

朮 秫或省禾

秳 舂粟不潰也从禾昏聲戶括切

稭 禾稾去其皮祭天以爲席从禾皆聲古黠切

⿰禾曷 禾舉出苗也从禾曷聲居謁切

⿰禾蔑 禾也从禾蔑聲莫結切

⿰禾列 黍穰也从禾列聲良薛切

⿰禾羔 禾皮也从禾羔聲臣鉉等曰羔聲不相近未詳之若切

秨 禾搖皃从禾乍聲讀若昨在各切

穫 刈穀也从禾蒦聲胡郭切

積 聚也从禾責聲則歷切

䄷 百二十斤也稻一䄷爲粟二十斗禾黍一䄷

爲粟十六升太半升从禾石聲常隻切

稙 早穜也从禾直聲詩曰稙稚尗麥常職切

穡 穀可收曰穡从禾嗇聲所力切

稷 齋也五穀之長从禾畟聲子力切

𥞊 古文稷省

文八十七　重十三　文二　新附

多 三十一　重也从重夕夕者相繹也故爲多重夕爲多重日爲曡凡多之屬皆从多得何切

𠩺 古文多

𡖶 大也从多圣聲苦回切

㚖 ○ 厚脣皃从多从尚徐鍇曰多即厚也陟加切

夥 ○ 齊謂多爲夥从多果聲乎果切

文四　重一

它 三十二　虫也从虫而長象冤曲垂尾形上古艸居患它故相問無它乎凡它之屬皆从它託何切

蛇 它或从虫臣鉉等曰今俗作食遮切

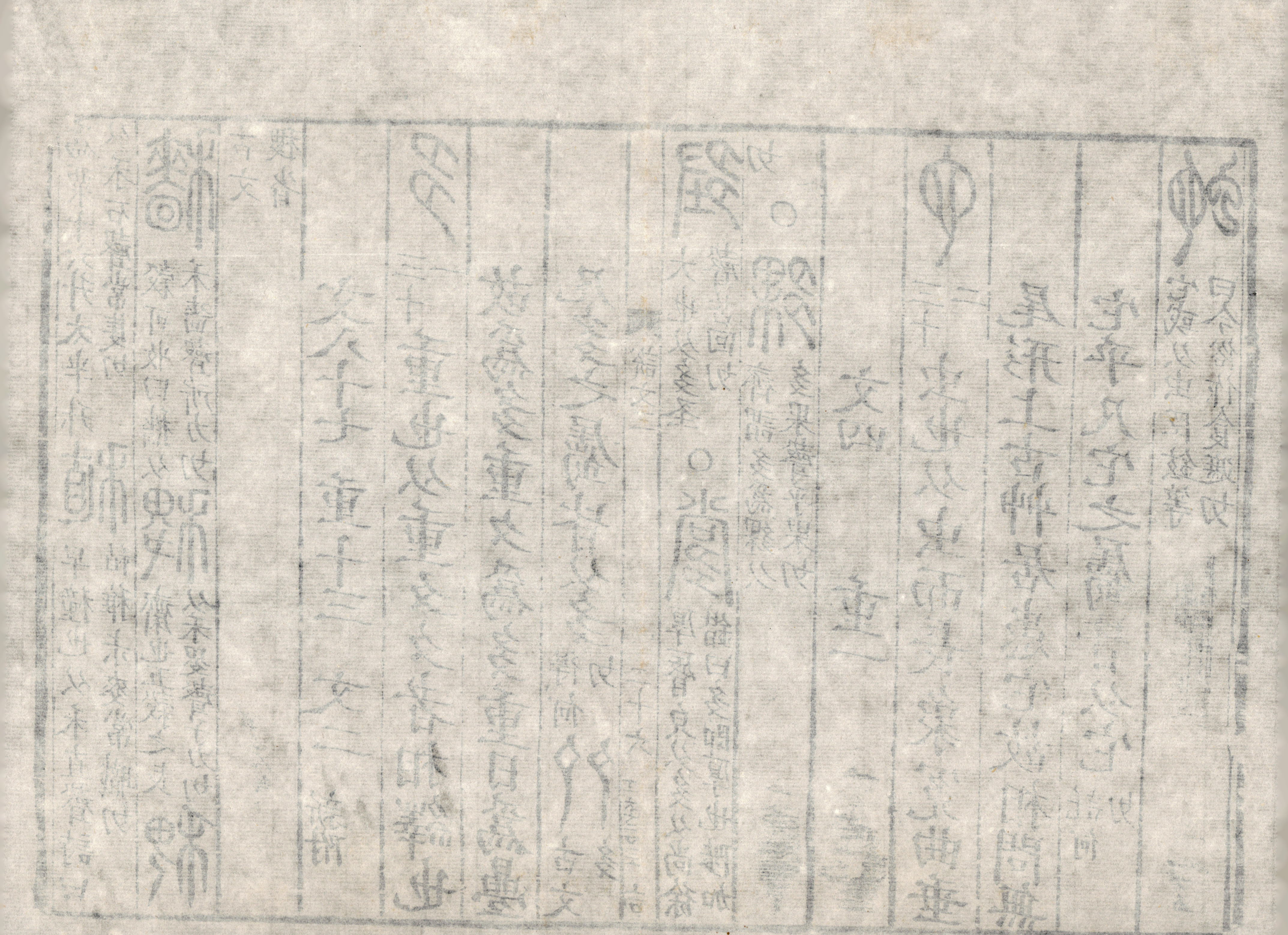

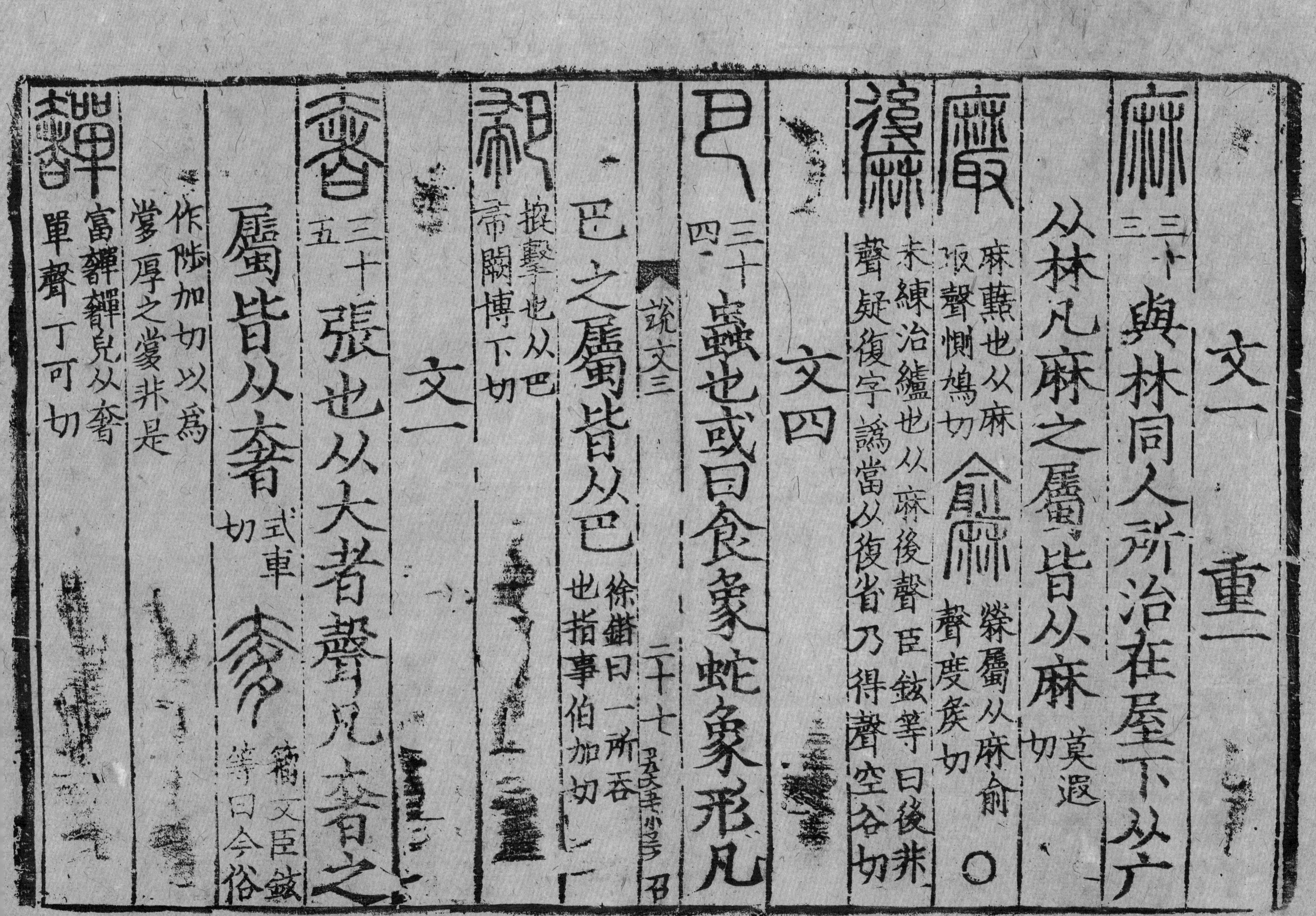

文一　重一

麻　三十三　與林同人所治在屋下从广从林凡麻之屬皆从麻　莫遐切

⿸麻取　麻藍也从麻取聲　側鳩切

⿸麻俞　䕺屬从麻俞聲　度侯切

○

⿸麻復　未練治纑也从麻後聲　臣鉉等曰後非聲疑復字譌當从復省乃得聲　空谷切

文四

巴　三十四　蟲也或曰食象蛇象形凡巴之屬皆从巴　徐鍇曰一所吞也指事　伯加切

𢀳　㩻擊也从巴帚闕　博下切

文二

奢　三十五　張也从大者聲凡奢之屬皆从奢　式車切

奓　籒文　臣鉉等曰今俗作陟加切以爲奓厚之奓非是

奲　富奲奲皃从奢單聲　丁可切

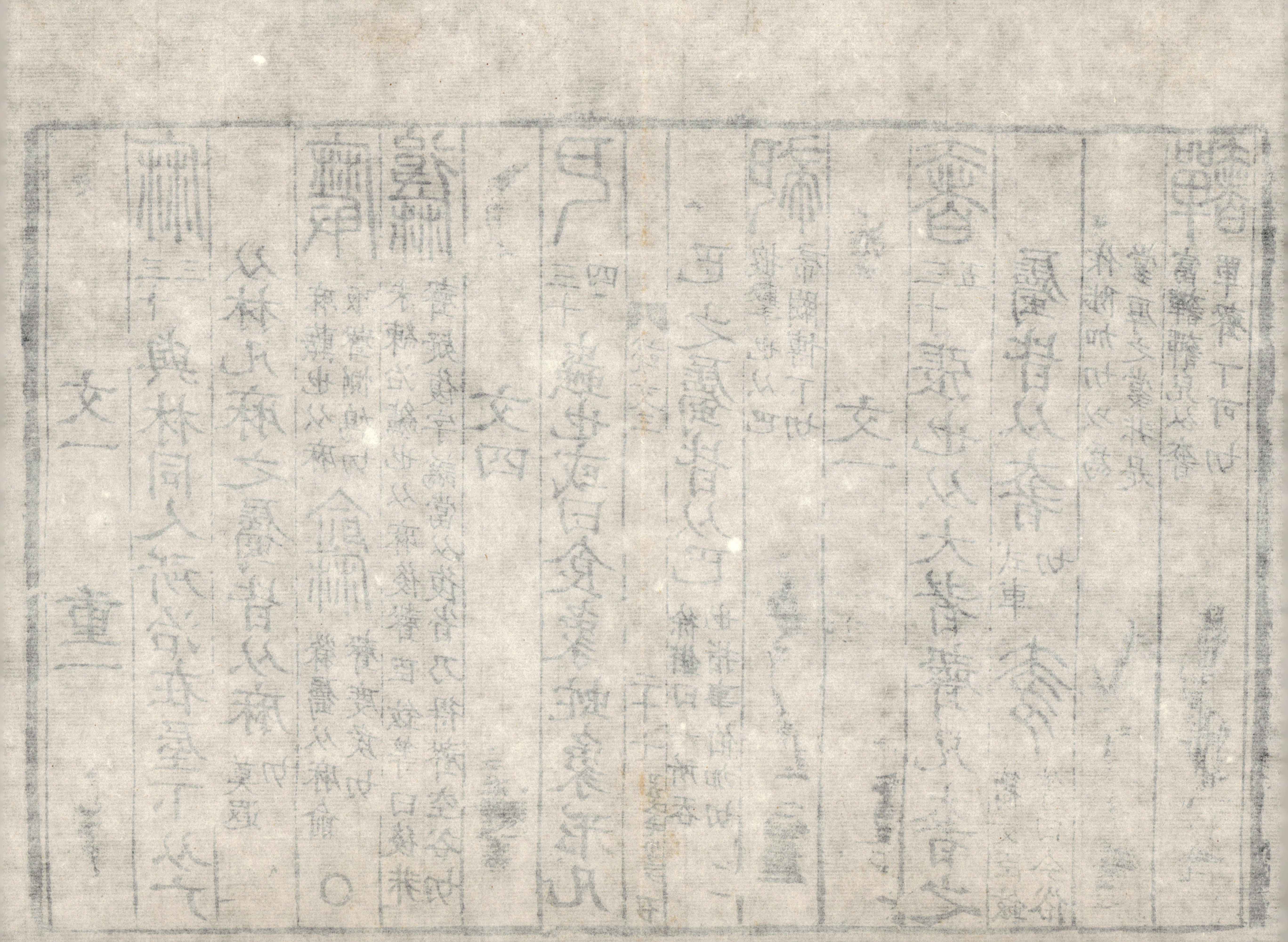

文二　重一

三十六

車　輿輪之總名夏后時奚仲所造象形凡車之屬皆从車　尺遮切

𨏥　籀文車

䡴　陷敶車也从車童聲尺容切

䡵　車迹也从車從省聲臣鉉等曰今俗別作蹤非是即容切

軝　長轂之軝也以朱約之从車氏聲詩曰約軝錯衡渠支切

𩋡　軝或从革

輜　軿車前衣車後也从車甾聲側持切

輀　喪車也从車而聲如之切

轝　車輿也从車舁聲以諸切

輸　委輸也从車俞聲式朱切

輗　大車轅耑持衡者从車兒聲五雞切

𨋍　輗或从宐

棿　輗又从木

𨏥　連車也一曰郄車抵堂爲𨏥从車差省聲讀若遲士皆切

轔　車聲从車粦聲力珍切

𨊴　車約𨊴也从車川聲周禮曰孤乘夏𨊴一曰下棺車曰𨊴敕倫切

輪　有輻曰輪無輻曰輇从車侖聲力屯切

轃　大車簀也从車秦聲讀若臻側詵切

轒　淮陽名車穹隆轒从車賁聲符分切

𨎮　大車後壓也从車宛聲於云切

軍　圜圍也四千人爲軍从車从包省軍兵車也舉云切

轅　輈也从車袁聲雨元切

車 輿輪之總名夏后時奚仲所造象形凡車之屬皆从車

𨏥 籀文車

軒曲輈藩車从車干聲虛言切
⿰車軍輗輈也从車軍聲乎昆切
轀臥車也从車𥁕聲烏魂切
軘兵車也从車屯聲徒魂切
⿰車眞車轒鈏也从車眞聲讀若論語鏗尒舍瑟而作又讀若堅苦閑切
○
輇蕃車下庳輪也一曰無輻也从車全聲讀若饌市緣切
軺小車也从車召聲以招切
轈兵高車加巢以望敵也从車巢聲春秋傳曰楚子登轈車鉏交切
輬臥車也从車京聲呂張切
軖方車也一曰一輪車从車㞷聲讀若狂巨王切
軭車戾也从車匡聲巨王切
輣兵車也从車朋聲蒲庚切
⿱殸車車堅也从車殸聲口莖切
轟羣車聲也从三車呼宏切

輕輕車也从車巠聲去盈切
⿱𤇾車車輮規也一曰一輪車从車熒省聲讀若煢渠營切
軿輜車也从車并聲薄丁切
軨車轖閒橫木从車令聲郎丁切
⿰車霝軨或从霝司馬相如說
⿱丞車⿰車丞車後登也从車丞聲讀若易抍馬之抍署陵切
輶輕車也从車酋聲詩曰輶車鑾鑣以周切
輈轅也从車舟聲張流切
⿰車𦨶籀文輈
輖重也从車周聲職流切
○
軵反推車令有所付也从車从付讀若胥而隴切
軹車輪小穿也从車只聲諸氏切
輢車旁也从車奇聲於綺切

軑 車輨也从車大聲特計切 軎 車軸耑也从車象形杜林說[illegible]

以爲轊圍[illegible]切 軏 車轅前[illegible]木也从車[illegible]聲[illegible]切

轚 [illegible]聲[illegible]从車[illegible]切 𨏭 [illegible]从車[illegible] ○

立當前軓音範 从車凡聲周禮曰 輹 [illegible]从車[illegible]聲[illegible]

从車刃聲[illegible]切 柔聲[illegible]也从車 輮 [illegible]从車[illegible]聲[illegible]切 𨏭 [illegible]

从盞[illegible]从車[illegible]聲[illegible]切 轂 [illegible]聲[illegible]也从車[illegible]切 輥 [illegible]

車[illegible]也从車[illegible] 軝 [illegible]从車[illegible]聲[illegible]

輨 [illegible]聲古滿切 轄 [illegible]從車[illegible]也从車[illegible] 轑 [illegible]从車[illegible]聲[illegible]切 轂 [illegible]

兔聲[illegible]也从車 輪 [illegible]从車[illegible]聲[illegible]切

引之[illegible]切 輇 [illegible]从車[illegible]聲[illegible]切 輗 [illegible]

轘 [illegible]从車[illegible]聲[illegible]切 軹 [illegible]从車[illegible]

[illegible]从車[illegible]切 軥 [illegible]从車[illegible]聲[illegible]切

車[illegible]从車[illegible]聲[illegible]切 軶 [illegible]从車[illegible]

輗 [illegible]从車[illegible]聲[illegible]切 𨌲 [illegible]

于歲切 轊 軎或从彗

輩 若軍發車百兩爲一輩从車非聲補妹切

載 乘也从車𢦏聲作代切

軔 礙車也从車刃聲而振切

𨎌 衣車蓋也从車曼聲莫半切

轘 車裂人也从車睘聲春秋傳曰轘諸栗門臣鉉等曰睘渠營切非聲當从環省胡慣切

䡓 車搖也从車从行一曰衍省聲古絢切

𨐋 治車軸也从車算聲所眷切

轉 運也从車專聲知戀切

軥 軶下曲者从車句聲古候切

○

轂 輻所湊也从車㱿聲古祿切

轐 車伏兔也从車菐聲周禮曰加軫與轐焉博木切

輻 輪轑也从車畐聲方六切

輹 車軸縛也从車复聲易曰輿脫輹芳六切

軸 持輪也从車由聲徐鍇曰當从冑省直六切

輂 大車駕馬也从車共聲居玉切

䡅 直轅車𨏥也从車具聲居玉切

較 車騎上曲銅也从車爻聲古岳切

軼 車相出也从車失聲夷質切

軏 車轅耑持衡者从車元聲魚厥切

𨍭 載高皃从車讞省聲五葛切

軷 出將有事於道必先告其神立壇四通樹茅以依神爲軷既祭軷轢於牲而行爲範軷詩曰取羝以軷从車犮聲蒲撥切

軋 輾也从車乙聲烏轄切

轄 車聲也从車害聲一曰轄鍵也胡八切

轍 車迹也从車徹省聲本通用徹後人所加直列切

輟 車小缺復合者从車叕聲陟臣鉉等按网部輟與罬同此重

輩 若軍發車百兩爲一輩 从車非聲

出陟劣切

軶 轅前也从車戹聲於革切

轢 車所踐也从車樂聲郎擊切

轚 車轄相擊也从車从毄毄亦聲周禮曰舟輿擊互者古歷切

軾 車前也从車式聲賞職切

轖 車籍交錯也从車嗇聲所力切

輯 車和輯也从車咠聲秦入切

軜 驂馬內轡繫軾前者从車內聲詩曰漢以觼軜奴荅切

輒 車兩輢也从車耴聲陟葉切

文九十九　重八

文三　新附

牙 三十七

牙 壯齒也象上下相錯之形凡牙之屬皆从牙五加切

𤘗 古文牙

𤘽 虎牙也从牙从奇奇亦聲去奇切

𤘘 齒蠹也从牙禹聲區禹切

齲 𤘘或从齒

文三　重二

𠌶 三十八

𠌶 榮也从艸从𠌶凡𠌶之屬皆从𠌶戶瓜切

皣 艸木白華也从華从白筠輒切

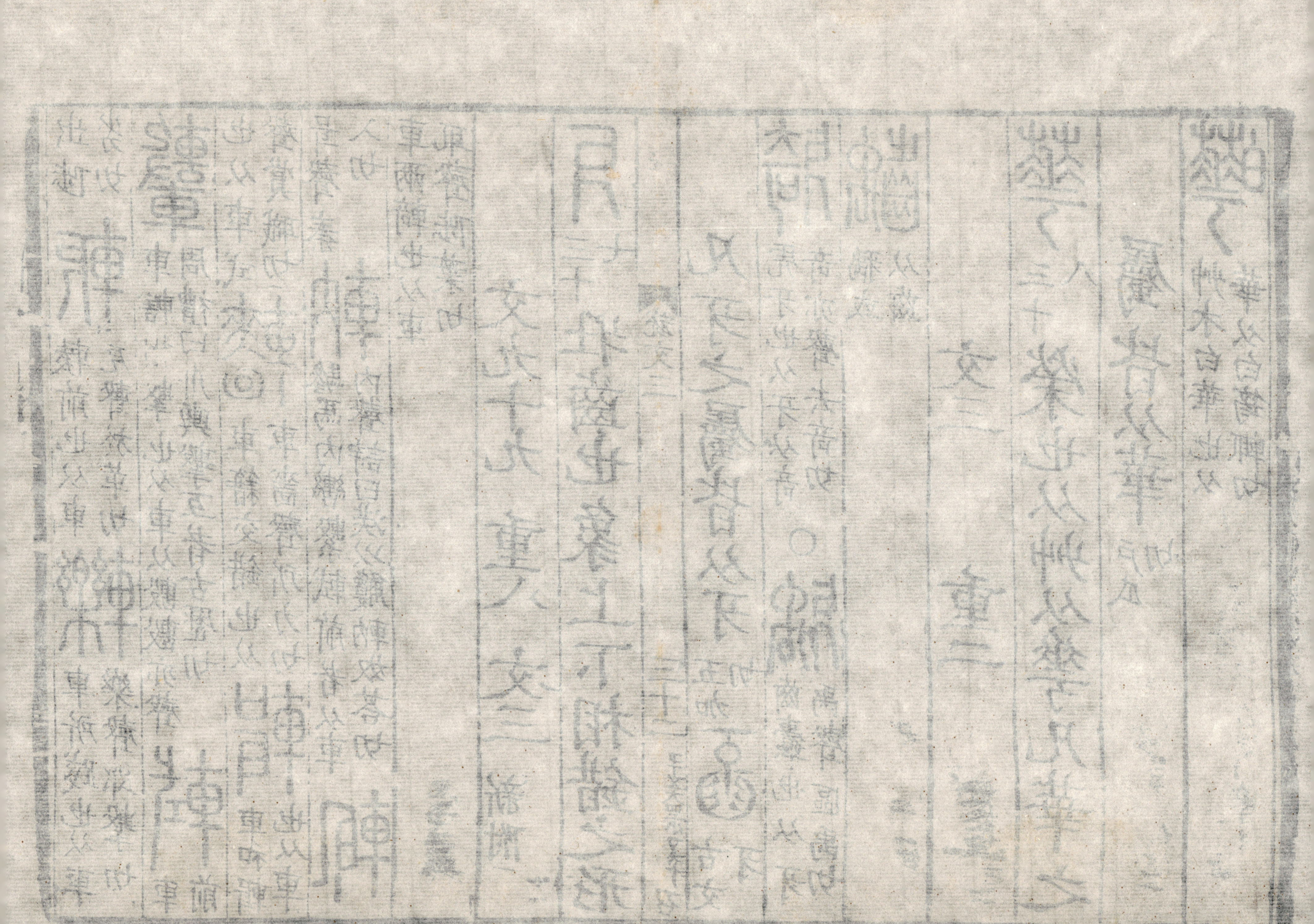

文二

瓜 三十九 蓏也象形凡瓜之屬皆从瓜 古華切

𤬪 瓜也从瓜䌛省聲余昭切

㼆 小瓜也从瓜熒省聲戶扃切 ○

㼌 本不勝末微弱也从二瓜讀若庾以主切 ○

瓣 瓜中實从瓜辡聲蒲莧切 ○

瓝 小瓜也从瓜交聲臣鉉等曰交非聲未詳蒲角切

瓞 㼌也从瓜失聲詩曰緜緜瓜瓞徒結切

𤓸 瓞或从弗

文七 重一

羊 四十 祥也从𦍌象頭角足尾之形孔子曰牛羊之字以形舉也凡羊之屬皆从羊 與章切

𦍩 羊名蹏皮可以割桼从羊此聲此思切

羸 瘦也从羊𣎆聲臣鉉等曰羊主給膳以瘦為病故从羊力為切

羭 夏羊牡曰羭从羊俞聲羊朱切

羝 牡羊也从羊氐聲都兮切

羒 牂羊也从羊分聲符分切

羣 輩也从羊君聲臣鉉等曰羊性好羣

文二十六　重二

……即刃切　羍　羍或省……切　○　羍　小羊也从羊大聲讀若達他末切

𦍒　……羊……切　○　羵　……从羊責聲……切

羖　夏羊牡曰羖从羊殳聲公戶切　○　羑　進善也从羊久聲文王拘羑里在湯陰與久切　○　挑　羊未卒歲也从羊兆聲或曰夷羊百斤左右爲挑讀若春秋盟于洮治小切　羠　騬羊也从羊夷聲徐姊切　羒　牂羊也从羊分聲符分切

　二十四

美　甘也从羊从大羊在六畜主給膳也美與善同意臣鉉等曰羊大則美故从大無鄙切　羋　羊鳴也从羊象聲气上出與牟同意緜婢切　羌　西戎牧羊人也从人从羊羊亦聲南方蠻閩从虫北方狄从犬東方貉从豸西方羌从羊此六種也西南僰人僬僥从人蓋在坤地頗有順理之性唯東夷从大大人也夷俗仁仁者壽有君子不死之國孔子曰道不行欲之九夷乘桴浮於海有以也去羊切　𦍋　古文羌如此　牂　牡羊也从羊爿聲則郎切　羥　羊名从羊巠聲口莖切　○　𦍌　羊名……　○　羕　……从羊……　羳　黃腹羊从羊番聲附袁切　羣　輩也从羊君聲渠云切　羸　……

四十一

併船也象兩舟省總頭形凡方之屬皆从方 府良切

方或从水

方舟也从方亢聲禮天子造舟諸侯維舟大夫方舟士特舟臣鉉等曰今俗別作航非是胡郎切

文二　重一

四十二

受物之器象形凡匚之屬皆从匚讀若方 府良切

籀文匚

宗廟盛主器也周禮曰祭祀共匰主从匚單聲都寒切

○

田器也从匚攸聲徒聊切

飲器筥也从匚㞷聲去王切

匡或从竹

古器也从匚倉聲七岡切

甌器也从匚俞聲度侯切

○

似羹魁柄中有道可以注水从匚也聲移尔切

器似竹篋从匚非聲逸周書曰實玄黃于匪非尾切

器也从匚淮聲胡罪切

渌米籔也从匚算聲蘇管切

○

小桮也从匚贛聲古送切

𢀜或从木

匣也从匚貴聲求位切

木工也从匚从斤斤所以作器也疾亮切

棺也从匚从木久聲巨救切

籀文柩

○

匱也从匚賣聲徒谷切

古器也从匚曶聲呼骨切

𠥱 田器也从匚異聲與職切

匣 匵也从匚甲聲胡甲切

匧 藏也从匚夾聲苦叶切

篋 匧或从竹

文十九　重五

亡 四十三 逃也从入从乚凡亡之屬皆从亡 武方切

𣞤 亡也从亡無聲武扶切

无 奇字无通於元者王育說天屈西北為无 ○

匄 气也逯安說亡人為匄古代切

乍 止也一曰亡也从亡从一 徐鍇曰出亡得一則止暫止也 鉏駕切

望 出亡在外望其還也从亡朢省聲巫放切

文五　重一

長 四十四 久遠也从兀从匕兀者高遠意也久則變化亾聲𠂉者倒亾也凡長之屬皆从長 臣鉉等曰倒亾不亾也長久之義也直良切

𠀋 古文長

𠑷 亦古文長

镾 久長也从長爾聲武夷切 ○

肆 極陳也从長隶聲息利切

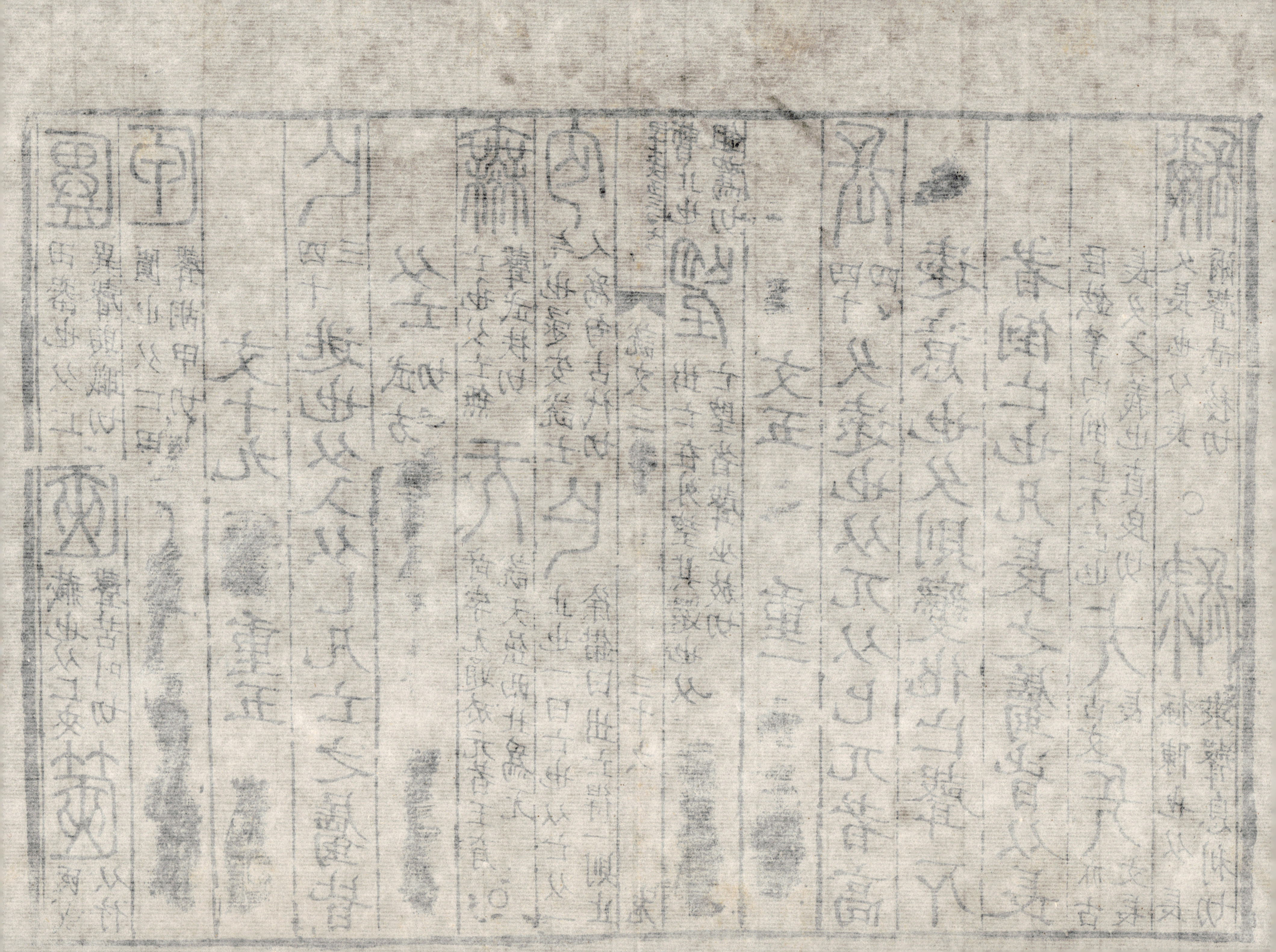

𩬅 或从髟 ○ 镻 蛇惡毒長也从長失聲徒結切

文四　重三

香 四十五 芳也从黍从甘春秋傳曰黍稷馨香凡香之屬皆从香 許良切

馨 香之遠聞者从香殸殸籀文磬呼形切 ○ 馥 香气芬馥也从香复聲房六切

文二　文一 新附

畕 四十六 比田也从二田凡畕之屬皆从畕 居良切

畺 界也从畕三其界畫也居良切 疆 畺或从彊土

文二　重一

王 四十七 天下所歸往也董仲舒曰古之造文者三畫而連其中謂之王三者天地人也而參通之者王也孔子曰一貫三爲

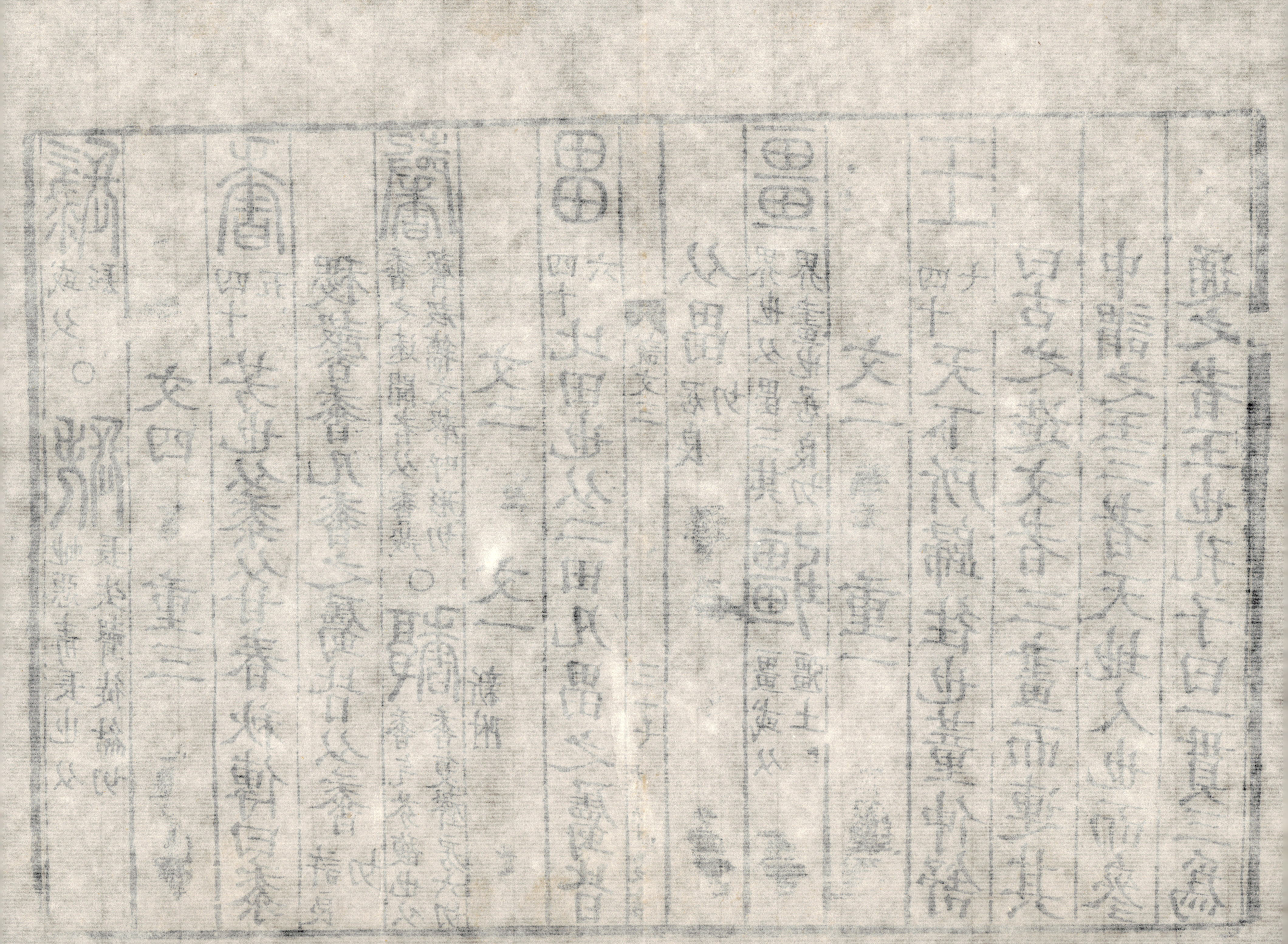

王凡王之屬皆从王李陽冰曰中畫近上王者則天之義兩方切

𤣩 古文王

皇 大也从自自始也始皇者三皇大君也自讀若鼻今俗以始生子爲鼻子胡光切

○閏 餘分之月五歲再閏告朔之禮天子居宗廟閏月居門中从王在門中周禮曰閏月王居門中終月也如順切

文三 重一

倉 四十八 穀藏也倉黃取而藏之故謂之倉从食省口象倉形凡倉之屬皆从倉七岡切

全 奇字倉

牄 鳥獸來食聲也从倉爿聲虞書曰鳥獸牄牄七羊切

文二 重一

亢 四十九 人頸也从大省象頸脈形凡亢之屬皆从亢古郎切

頏 亢或从頁

𡕥 直項莽𡕥皃从亢从夋夋倨也亢亦聲岡朗切又胡朗切

文三　重一

尢　五平

𡯁，曲脛也。从大，象偏曲之形。凡尢之屬皆从尢。烏光切

尪　古文从㞷

𡯨　股尳也。从尢，于聲。乙于切

𡯁　𡯁，不能行，爲人所引，曰𡯁㾐。从尢从爪，是聲。都兮切

○𡯂　𡯁𡯂也。从尢从爪，巂聲。戶圭切

○尲　尲尬，不正也。从尢，兼聲。古咸切

○𡰒　蹇也。从尢，皮聲。布火切

𡰝　厀中病也。从尢从羸。郎果切

○尬　尲尬也。从尢，介聲。古拜切，又公八切

尥　行脛相交也。从尢，勺聲。牛行腳相交爲尥。力弔切

𡰣　行不正也。从尢，良聲。讀若燿。弋笑切

𡯳　𢓜𢓜，行不正。从尢，左聲。則箇切

○尳　厀病也。从尢从骨，骨亦聲。戶骨切

文十二　重一

黃　五十一

地之色也。从田，从炗，炗亦聲。炗，古文光。凡黃之屬皆从黃。乎光切

𡕛　古文黃

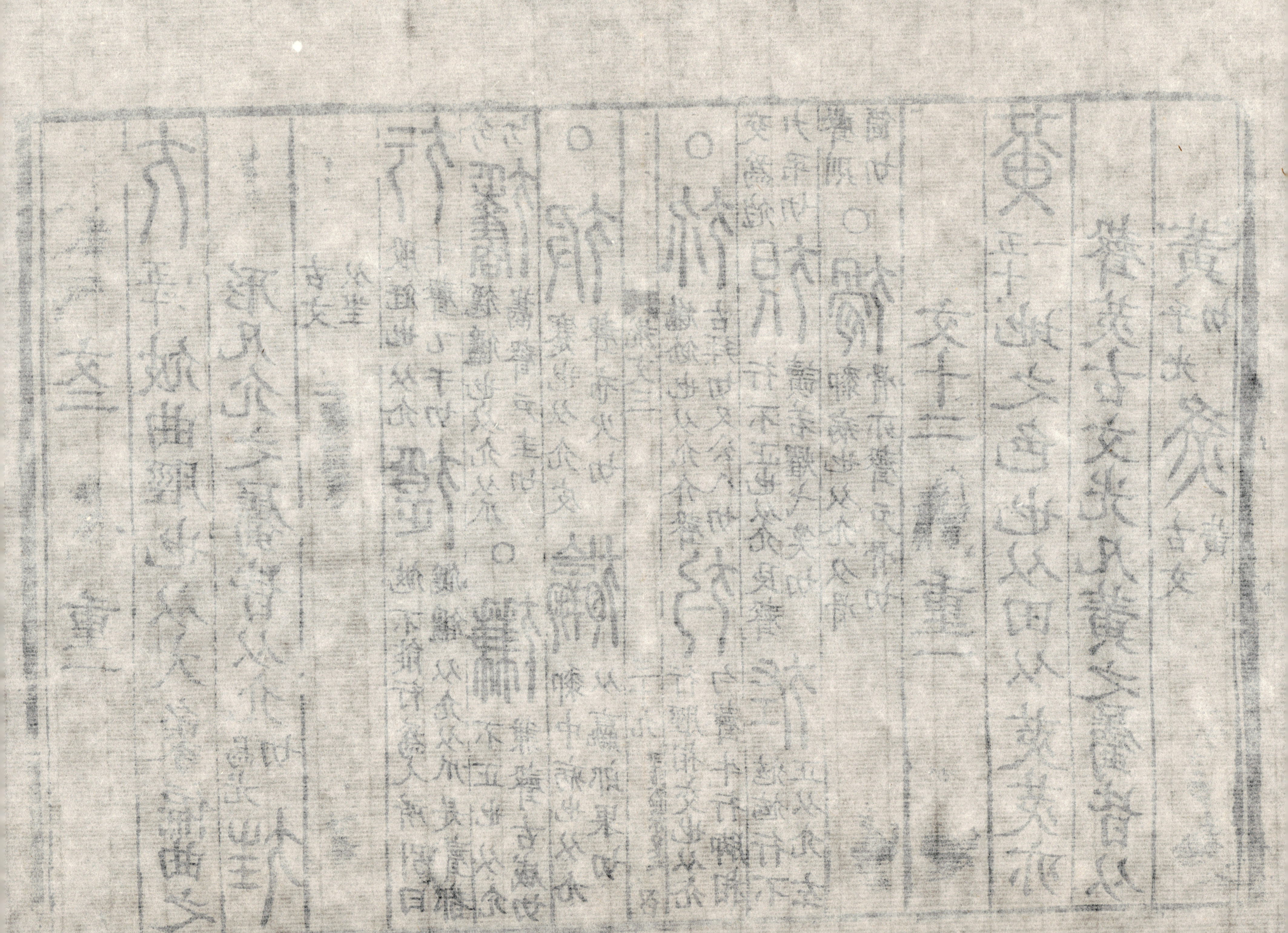

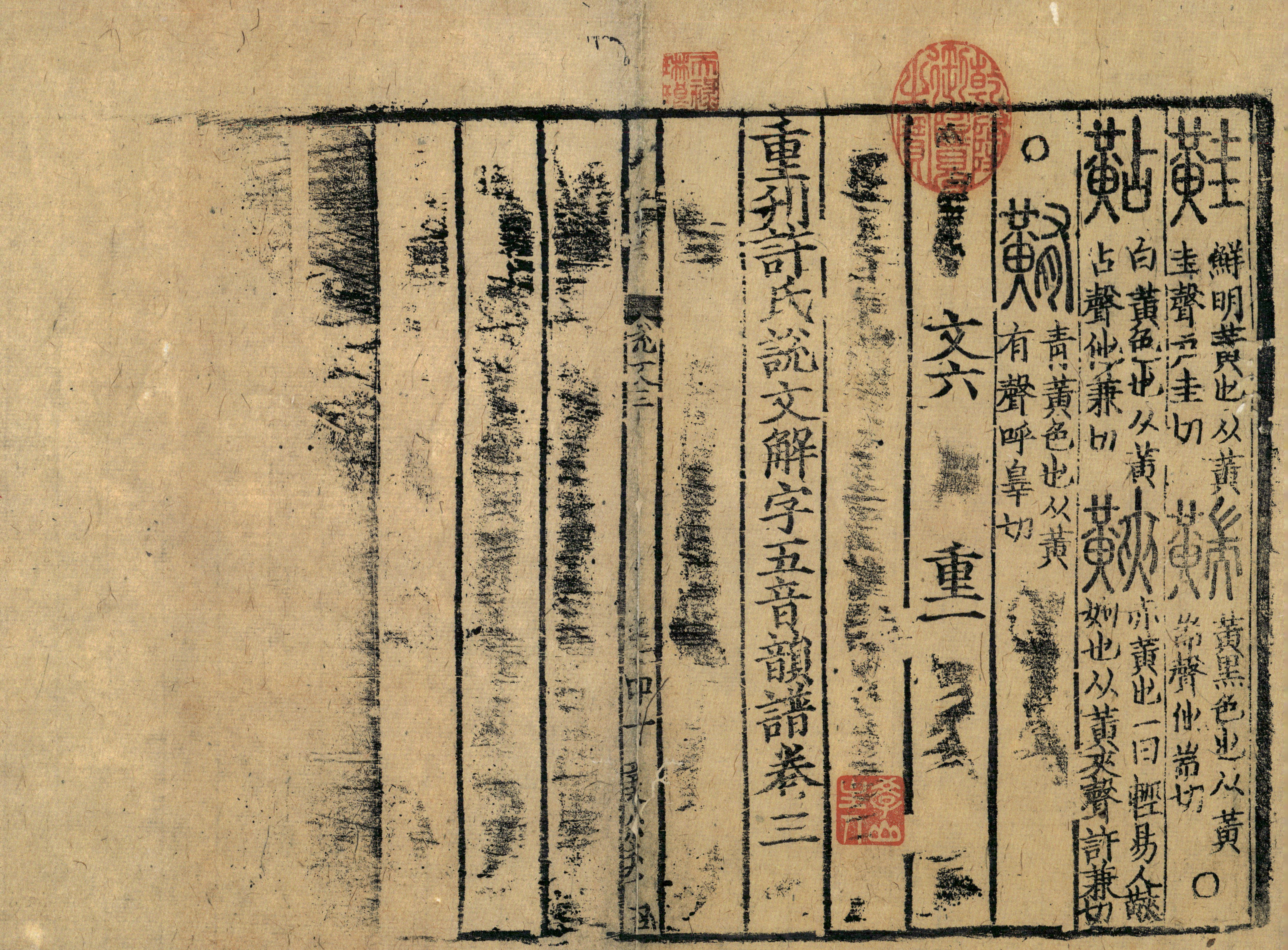

○黊 鮮明黄也从黄圭聲户圭切 䵝 黄黑色也从黄耑聲他耑切

○黇 白黄色也从黄占聲他兼切 䵞 赤黄也一曰輕易人䵞姁也从黄夾聲許兼切

○䵟 青黄色也从黄有聲呼辠切

文六 重一

重刊許氏説文解字五音韻譜卷三

五福五代堂古稀天子寶

八徵耄念之寶

太上皇帝之寶